MW00439695

Dello stesso autore nel catalogo Einaudi

Io non ho paura
Che la festa cominci
Io e te
Ti prendo e ti porto via
Fango
Come Dio comanda
Il momento è delicato

Niccolò Ammaniti
Branchie

Einaudi

© 2015 Giulio Einaudi editore s.p.a., Torino

www.einaudi.it

ISBN 978-88-06-22804-0

Ai miei lettori

Quando, nel 1993, scrissi *Branchie* ero ancora uno studente di biologia all'università di Roma. Mi mancava poco alla fine, qualche esame (chiaramente i piú duri) e l'agognata laurea.

Stavo tutto il giorno in facoltà, in un laboratorio di neurobiologia, a fare gli esperimenti che mi sarebbero serviti per una tesi intitolata *Rilascio di Acetilcolinesterasi in neuroblastoma* (chiaro?)

Il tempo passava, i miei compagni si laureavano, si sposavano, trovavano lavoro, morivano e io continuavo a stare là dentro. Alcuni, ormai, mi scambiavano per un bidello.

I professori mi domandavano quando, piú o meno, avessi intenzione di laurearmi (quanto sono stati pazienti!) e io rispondevo: «Tra poco. Tra poco. Ho finito gli esperimenti e sto scrivendo i risultati».

E questo era vero parzialmente. La tesi, dopo una decina di pagine, smetteva bruscamente di parlare di neuroni, sinapsi e neuromediatori e raccontava una storia di pesci e di fogne e di malvagi chirurghi estetici. *Branchie* nasce come un tumore (maligno?) di una tesi in biologia.

Non mi sono mai laureato, chiaramente (con costernazione dei miei parenti e infinito sollievo dei miei insegnanti) ma almeno ho pubblicato *Branchie*.

Uscí in sordina. A Roma si trovava in tre librerie.
Se ne stava là, sullo scaffale, tra tanti altri, con la
sua copertina troppo colorata. Fu comprato dai
miei compagni di scuola e da chi mi voleva bene.

Sono molto contento che l'Einaudi abbia deciso
di ripubblicarlo. E questa edizione è stata intera-
mente rivista. Non è che, detto tra noi, sia cambiato granché. Ho tagliato un po' di roba qua e là e ho
cambiato un paio di cosette che appesantivano ogni
tanto la lettura. Ecco, se dovessi fare un paragone,
prima era un Club Sandwich a sei strati, ora è un
tramezzino ripieno di baccalà, broccoli, maionese e
cipolle al curry.

E c'è un'altra cosa. Certe ossessioni, certe fis-
sazioni ittiche che ricorrevano un po' troppo sono
state ridimensionate.

Ora Marco Donati, il protagonista di questo libro, sa che pesci pigliare.

NICCOLÒ AMMANITI

Roma, 12 gennaio 1997.

Branchie

La ragazza disse: «A me piace la vita, sa?»

«Come? Come ha detto?».

«La vita mi piace, ho detto».

«Ah sí? Mi spieghi, mi spieghi bene».

«A me piace, ecco, e andarmene mi rincrescerebbe moltissimo».

«Signorina, ci spieghi, è terribilmente interessante... Su, voi, di là, venite anche voi a sentire, la signorina qui dice che la vita le piace!»

DINO BUZZATI

Il pesce non pensa, perché il pesce sa.

IGGY POP

Personaggi principali

MARCO DONATI
Proprietario di un negozio di acquari a Roma.

MARIA
Fidanzata di Marco Donati a Roma.

ADELE DONATI
Mamma di Marco Donati.

FRANCO
Capo degli arancioni.

BANDA DELL'ASCOLTO PROFONDO (BAP):

1) LIVIA
Suonatrice belga di fisarmonica e fidanzata di
Marco Donati a Delhi.

2) OSVALD
Suonatore tedesco di trombone.

3) SARWAR
Suonatore indiano di sitar.

WALL OBERTON
Industriale e produttore di film porno americano.

MILA OBERTON
Figlia di Wall Oberton.

DEUTER
Giovane indiano.

GRUPPO SPURGO FOGNE APPILATE (GSFA):

1) CUBBEDDU
2) JAIME

3) EFISIO
4) GAVINO
5) BACHISIO

ORRENDO SUBOTNIK
Chirurgo estetico del Turkmenistan.

Roma

Le salamandre sono capaci di tornare nella loro tana con una precisione sorprendente. Se le prendi e le porti oltre una montagna, quelle se ne tornano a casa.

Io no. Io mi perdo. Soprattutto quando bevo.

E stanotte fa un freddo cane e piove. Ho girato un sacco, magari fossi stato una salamandra. Avrei guardato gli astri e messo il naso all'aria e sarei tornato al negozio. Sí, forse avrei dovuto provarci.

Ma a Roma le stelle non si vedono. Una cappa grigio-fosforescente e i casermoni nascondono il cielo; e poi ho il raffreddore.

Devo vomitare.

Ho l'impressione di avere la pancia piena di murene.

Forza. Alzati, allora.

Da un sacco di tempo sono seduto sul cofano di questa macchina e sono tutto bagnato.

Alzati, sei arrivato.

Mi tiro su. Poggio la testa e le mani sulla saracinesca per bloccare il moto vorticoso della strada, dei lampioni e di tutto il resto. Trovo le chiavi in fondo alla tasca del cappotto.

Entro.

Passo attraverso il negozio ormai in disuso; dagli acquari che un tempo servivano ad attirare i clienti proviene un odore di decomposizione. Madonna quanta polvere.

Barcollando oltrepasso un corridoio lungo e scuro e sono finalmente nella tana.

È un enorme stanzone che dà su un giardino interno. Di giorno, i raggi del sole attraversano le grandi vetrate e permettono lo sviluppo di una densa vegetazione. Ci sono vasche di tutte le dimensioni, alcune cosí grandi che si potrebbe nuotarci dentro. Lunghi fili sostengono le lampade. I tubi dell'acqua si intrecciano per terra.

Gli acquari piú grandi riproducono interi ecosistemi regionali. Uno dell'America del Sud con piante dai lunghi steli. Un altro del Sudest asiatico con le ninfee galleggianti. Ci sono poi quello europeo e quello africano.

Entrando sento l'umidità aderire ai vestiti e respirare diventa difficile. Le lampade basse riempiono gli acquari di una luce calda e dimessa. I pesci si muovono pigramente in banchi. Piú su, l'oscurità e un odore forte, dolce. Pioggia e vegetazione. Mi riempie il naso e mi stordisce. I vetri sono appannati dal vapore. Su una parete, sopra un bancone ci sono una ventina di acquari piú piccoli. Lí si trovano gli avannotti, i pesci appena nati.

A lato c'è un divano mezzo sfondato, il frigorifero, una televisione e una brandina.

Mi ci getto su.

Non ce la faccio a spogliarmi. Mi levo le scarpe e basta.

Trovo il telecomando nascosto sotto il cuscino e accendo la TV.

Tengo gli occhi chiusi.

«Allora, come lo ha scoperto?» fa Maurizio Costanzo.

«Forse quando sono rientrata in casa e non c'era piú niente. L'argenteria, i quadri, lo stereo, addirittura la gondola comprata a Venezia, tutto scomparso...» dice una donna.

Spengo ma sento il silenzio. Stasera questo posto mi fa venire i brividi. Le gocce si rompono sugli specchi d'acqua e le rane africane gracidano.

La testa mi gira. Riaccendo la tele.

«... Sono andata da mio figlio che dormiva nella sua stanza, l'ho svegliato e l'ho spogliato. Era nudo e non riuscivo a vedere neanche un buco, niente, tutto il corpo pulito. Poi ho visto che aveva lividi blu tra le dita dei piedi. Gliele ho aperte e c'erano tantissimi piccoli fori di siringa».

La donna comincia a piangere e diventa sempre piú difficile capire quello che sta dicendo.

«E lei cosa ha provato?» chiede ancora Costanzo.

«In che senso?»

Comincio a immaginare di avere degli spilloni lunghi e acuminati infilzati tra le dita dei piedi.

Non male.

Mi giro verso il muro. Ho un sonno terribile e devo vomitare.

Da un paio mesi ho cominciato a sfondarmi sul serio. Prima me ne stavo a casa.

Non me frega un cazzo, un bar vale l'altro. Ho fatto fuori tutti quelli del mio quartiere poi mi sono spostato, calando come un ragnone sopra quelli del centro. Sto tessendo una tela. I punti in cui la ancoro sono i locali dove vado a bere. Voglio imprigionarla tutta quanta questa cazzo di città.

Vi sembrerà una stronzata ma secondo me la disposizione dei locali non è casuale, ha un senso profondo, una logica nascosta. Qualcuno, non so chi, li ha disposti cosí. Con una strategia che non capisco.

Mi fermo poco. Uno, due bicchieri al massimo, poi riparto. Quando rimango di piú mi prende la frenesia e allora sento la sedia scaldarsi sotto il culo, le gambe che mi spingono fuori, di nuovo in strada, alla ricerca di altri locali.

Anche agli squali prende la frenesia quando mangiano l'uovo sodo. Adorano l'uovo sodo. Piú della carne, piú del sangue. Non capiscono piú niente quando si mangiano un uovo sodo. E mordono tutto quello che hanno intorno.

Il pub *Il vecchio marinaio*, lo snack-bar *La perla*, le vinerie del centro, presi uno per uno sono pezzi senza importanza. Ma tutti insieme dimostrano che non riesco piú ad abbattermi, a rilassarmi, e che il nero ha superato i livelli di guardia.

Ho un tumore ai polmoni. Non ditelo a nessuno.

Un dolore sordo mi accompagna tutto il giorno, come un cane.

Tranquilli, comunque, ho imparato a conviverci.

È un rumore di fondo, un po' come i ronzii e le vibrazioni dei frigoriferi consumati.

Smettere di fumare è stata la cosa piú difficile.

Veleno, questo è per me il fumo. Lo ha detto il medico.

Mi sono abituato, prima fumavo una cifra. Un pacchetto al giorno, di quelle forti.

Ora ne faccio a meno. Mi stacco dai piaceri. Foglie secche che cadono dai rami.

Immagino me stesso come una bicicletta superaccessoriata. All'inizio levo gli specchietti e un po' mi dispiace. Poi levo il cambio, il sellino e tutto il resto fino ad arrivare a un telaio, due ruote e una catena. Quanto basta a definire il concetto di bicicletta.

Non è male perdere pezzi superflui. Mi domando a che cosa non potrei rinunciare, ma non so darmi una risposta.

La rinuncia può essere un piacere.

Un pugno di bisogni fisiologici primari, che cos'altro mi può definire? Bevo. Mangio. Dormo. Piscio. Caco. E basta.

Non parlo granché dei miei problemi. Me li tengo dentro e gli ho trovato un bel posticino, nell'ultimo e piú polveroso cassetto del mio cervello.

Mi faccio scuotere dal male come una vecchia quercia. Lascio che le cellule impazzite facciano il loro lavoro.

Mia madre, qualche settimana fa, mi ha trovato che rantolavo a terra e scatarravo roba verde. Siamo andati dal medico. Mi hanno fatto un sacco di analisi.

«Non è grave, dovrai essere solo piú attento, seguire le cure».

«Quali cure?»

«Be', sicuramente una dieta controllata e un trattamento di chemioterapia...»

Come? Chemioterapia? Stiamo scherzando?

Bombardare con la bomba atomica una città di civili inermi per annientare una banda di lestofanti?

E diciamolo, cazzo. Sono spacciato.

Mia madre mi viene a trovare. Mi fa dei regali. L'ultima volta mi ha portato un vassoio di paste. Io odio le paste. Che cosa vuole farmi capire? Forse che è solo questione di tempo, un mese, un anno e poi l'oscurità?

Posso farcela da solo a guardare in faccia il mistero dell'eternità, grazie mamma.

Mi sono letto un paio di libri di medicina e cristo, sono un maledetto malato terminale.

I medici mi volevano fregare. Qual era la differenza se mi sottoponevo alla chemioterapia? Me ne è venuta in mente solo una: muoio un paio di anni dopo senza piú un capello in testa.

Scusatemi, mi sono lasciato andare.

Ma tutti mi si stringono intorno quando invece voglio respirare le ultime boccate in santa pace.

Mi piacerebbe rimanere lucido fino alla fine. Spero tanto di poter vedere le ombre coprirmi piano, lentamente, come un mare di inchiostro nero.

Voglio sentire il cuore riempirsi di paura, lo stomaco rivoltarsi impazzito, la gola chiudersi in un nodo, senza rimedio.

Ma perché questo accada è necessario recidere i cavi che mi tengono attaccato al terreno, non avere esitazioni, liberarmi dalla zavorra. Volare.

E i rapporti sociali e familiari e sentimentali sono piombo.

Mia madre la evito come posso.

Gli amici, mai avuti.

Maria, la mia fidanzata, è forse il peso piú difficile da scrollarsi. Mi inchioda quella ragazza. Non
le ho detto nulla. Le ho tenuto tutto nascosto: le
visite, le attese degli esami istologici, i pacchi di
medicinali.

Ho appuntamento con Maria al centro.

Sto appoggiato al bancone dello *Sputo*.

A Maria questo locale piace per via della gente.

Mi guardo in giro mentre bevo una vodka. C'è
folla. Intellettuali, baldracche travestite, fighetti si
confondono insieme perdendo ogni caratteristica
individuale, per trasformarsi in un organismo superiore con tante teste e mille braccia. Per di piú,
rumoroso e saputello.

Ho un mal di testa tremendo.

Ecco Maria. Gira un po', lancia sguardi a destra e
a sinistra fucilando un paio di fighetti poi mi vede.

Porta un body aderente blu elettrico, blue-jeans
tenuti da un fazzoletto rosso arrotolato e scarpe dai
tacchi grossi e sgraziati.

Mi bacia.

– Ci sediamo? – faccio, stanco di stare appoggiato al bancone.

– Trova posto, ti raggiungo subito.

Scompare.

Finisco la vodka e mi incuneo nella massa. Fen-
do la folla che si accalca ovunque. Gli altoparlanti
attaccati al soffitto vomitano musica tecno.

Mi siedo.

Ordino un'altra vodka.

Due quindicenni mi guardano e ridono. Brandelli di conversazioni, nomi e parole mi stancano.

Maria mi raggiunge e si siede.

– Hai visto, c'è Parsi! – dice.

– Parsi chi?

– Parsifal, Parsifal.

– Chi è?

– Ma dài, Marco! Come fai a non ricordartelo?
Ci abbiamo cenato dal *Marchigiano*. Sta con quella
attrice... Come si chiama... Quella...

Maria è bellissima.

Mi fa dare di matto. Ha le labbra carnose e il
seno prosperoso. Ha la pelle liscia e sempre ab-
bronzata. Le guardo un po' le tette costrette nel
body aderente.

Ho voglia di farmela e il pensiero mi intristi-
sce un po'.

Tessuti perfetti, armonie cellulari, equilibri ormonali creano un'omeostasi invidiabile. Sono sicuro che è bella anche dentro. Voglio dire, apparato
circolatorio, digerente e tutto il resto.

– ... roba di sesso. Deve essere stata quella la
molla...

L'alcol comincia a fare effetto. La voce di Maria giunge da molto lontano, solo alcune frasi sono
nitide e ad esse mi affido per proseguire.

Provo a parlare ma le parole salgono su a fatica
fino al palato e lí muoiono.

– Ah, lo sai che Lisa si è rifidanzata con Tony?

– Tony chi?

– Il gallerista di Trapani. Lisa sta seguendo un
corso sui codici assiri all'università di Ancona.

Ho voglia di uscire e tornare in tana.

La porta è intasata dalla gente che prova a entrare.

Un buttafuori con cappello arancione e bretelloni decide: tu sí, tu no. Chi no, implora umile.

Non riesco a ricordare come sono riuscito a passare il giudizio del cerbero.

– ... Lisa è frigida. Antonio lo ha scoperto solo dopo due anni. È stato uno shock terr...

Un'altra folata di parole ha impressionato qualche distretto periferico del mio encefalo ubriaco.

– Senti Maria, ti vorrei parlare... dirti alcune cose che ho pensato in questi giorni... vorrei un'altra vodka, però.

E Maria:

– ... si è fatta infibulare, come le donne musulmane. Dice che è un'altra cosa... sviluppa la sensibilità interna...

Ho l'impressione che mi abbiano versato due chili di gesso in bocca.

Arriva uno. Tommaso. Mi chiede se non sono io quello che faceva il portiere nell'ultimo film di Marco Risi.

Faccio finta di non capire.

Mi alzo lasciandoli lí.

Sono quasi due ore che mi trovo in questo posto. Devo pisciare.

Due ragazze aspettano davanti alla porta del bagno, poi tocca a me. Una è molto alta, porta pantaloni aderenti che mostrano le pieghe delle mutande, l'altra bassa e tracagnotta ha un enorme apparecchio ancorato ai denti. Elastici colorati rendono piú solida la costruzione ma le impediscono di pronunciare cose comprensibili.

Le parole rimbalzano tra gli elastici e si mischiano con la saliva. Piccoli sputi imperlano il décolleté e la faccia della stangona. La gnoma spara rapida, parole e schizzi di bava.

Il cesso puzza di urina e deodorante, il secondo non copre la prima, la rende piuttosto piú penetrante.

Il rumore della musica e delle voci non riesce a oltrepassare la porta. Solo il gorgoglio dello sciacquone rompe la bolla di silenzio che mi avvolge.

Prendo due boccate e vomito quello che ho bevuto. Rimango seduto sul gabinetto aspettando di riprendermi.

Mi guardo allo specchio.

Ho ancora un aspetto decente. Sarò dimagrito almeno cinque chili, gli occhi non sono piú luminosi come un tempo. Però non si vede che sto alla frutta.

Bussano.

Esco.

Vado fuori, all'aperto. Il freddo mi rimette al mondo.

Quanto vorrei andarmene, tornare a casa. Ma devo avvertire Maria.

Dovrei parlarle, cazzo, dirle che la lascio. Ma non ce la faccio, è uno sforzo al di sopra delle mie possibilità.

Rientro.

Maria è ancora là, seduta allo stesso posto, ma la compagnia si è allargata. Oltre Tommaso c'è altra gente, ne riconosco un paio che accennano un leggero saluto con la testa.

Maria guarda un pacco di fotografie e poi le passa.

Ridono tutti, all'unisono, percorsi da una corrente elettrica.

Mi avvicino a Maria e le tocco una spalla.

Le dico che sono stanco e che voglio andarmene.

E mentre parlo tutto mi gira intorno e mi devo appoggiare a lei e mi si ghiacciano le dita. Lei si volta e mi prende la testa tra le mani, accarezzandomi i capelli.

Non mi aspettavo che facesse una cosa del genere, e improvvisamente mi viene una grande tristezza.

Usciamo.

Fa molto freddo stanotte.

Maria guida in silenzio. Si ferma sotto casa. Scendiamo. Mi stringe con il braccio la vita, credo abbia paura che io cada. Le gambe non mi reggono un granché, in effetti.

Il palazzo dove vive Maria è di quelli residenziali, anni Sessanta. Mattoncini e grandi vetrate. Il suo appartamento è all'ultimo piano, in mezzo a due terrazze piene di piante gelate.

In casa fa caldo.

– Vai a dormire, – dice e mi aiuta a spogliarmi. Sono come un bambino.

Mi sdraia sul letto matrimoniale e mi sfila le scarpe.

Dalla finestra vedo riflettersi sulle nuvole il riverbero delle luci della città.

È piacevole trovarsi in una casa ordinata e confortevole. Anch'io avevo una casa prima. L'ho lasciata. Perché mi costava un milione e mezzo al mese. E chi ce li ha. E poi nel negozio si sta bene.

Sono abbastanza lucido, nonostante tutto. Fingo di dormire. Tra le fessure delle palpebre vedo Maria muoversi nella stanza.

Ascolta un paio di messaggi sulla segreteria e va in bagno, sento i rumori che fa struccandosi e lavandosi i denti. Si toglie i pantaloni.

Che belle gambe ha! Non molto lunghe ma con i polpacci e le caviglie sottili.

Ha un corpo piccolo e tondetto e le tettone.

S'infila la camicia da notte. Entra nel letto e si mette a leggere.

Non mi muovo. Mi eccito immaginando quello che potrei farle. Mi muovo lentamente tipo *biscia nella marana* cercando di non farmi vedere. Le salto addosso e comincio a baciarla sul collo. Poi faccio un po' di versi tipo *pipistrello indonesiano* o *vampiro del Siam*.

Ride.

– Allora, che succede? Credevo che non ti reggessi in piedi…

– In piedi no, ma sul letto…

– Che vuoi?

– Niente! Solo darti un mucchio di baci.

Ci baciamo a lungo. Ha le labbra morbide. Si deformano tra le mie.

Se chiudo gli occhi mi gira tutto.

La parola «zavorra» torna a balenarmi tra i pensieri.

Mi alzo di scatto e corro in bagno. Mi lavo i denti come un pazzo. Mi spoglio. Rientro nella stanza, mi infilo a letto di nuovo.

Maria si è tolta la camicia da notte e sento la sua pelle fredda contro la mia. Sotto le coperte le gambe si intrecciano.

La prendo. Si agita. Respira forte. Vengo presto.

Rimaniamo uno sull'altro per un po' di tempo. Il mio viso sul suo collo, tra i capelli.

Si addormenta.

Guardo fuori. La luna si affaccia tra le nuvole coprendo di luce bianca gli oggetti della stanza. Sotto la finestra le chiome degli alberi si agitano mosse dal vento.

Mi alzo. Ho improvvisamente fame.

Apro la porta a vetri che dà sulla terrazza. Esco.

La città si stende intorno scura e silenziosa. Poche luci in lontananza rompono la monotonia dei palazzi bui. Piú dietro ancora, la sagoma delle montagne innevate comincia a schiarirsi.

Che freddo!

Rientro.

Mi sono fidanzato con Maria un anno e mezzo fa.

Ci siamo conosciuti in libreria. Guardavo le novità nel reparto fantascienza e horror. Mi ricordo ancora che avevo in mano il terzo volume dei *Libri di sangue* di Clive Barker appena tradotto in italiano. Ero parecchio contento.

A un tratto una voce femminile mi chiama.

Mi giro e vedo una ragazza bellissima.

Indossava una gonna colorata e una maglietta stretta con i bottoncini sul collo. I capelli li teneva raccolti in alto con un fazzoletto rosso e blu.

«Scusa se ti disturbo, sei esperto di fantascienza? Mi puoi dare un consiglio?»

«Be', sí, un po'...»

In realtà il genere lo possiedo. Sono un appassionato di libri di fantascienza e dell'orrore. Ho cominciato a comprarne quando avevo dodici anni e non ho smesso piú.

È diventata una mania, non sapevo piú dove metterli, non riuscivo nemmeno a leggerli tutti.

«Mio nipote ha tredici anni, vorrei fargli un regalo per la sua festa, ama i libri di esplorazioni spaziali, quale posso regalargli?»

Ho sempre pensato che il rapporto con le librerie è un rito individuale, intimo, un po' come masturbarsi o andare al cesso.

Normalmente mi sarei seccato dell'interruzione, ma visto il materiale da infatuazione che avevo di fronte...

Le ho consigliato dieci titoli fondamentali. Le ho parlato di Montag, il pompiere di *Fahrenheit 451*, del *Crollo della galassia centrale* di Asimov e di altra roba.

Era proprio bella.

Lei ascoltava e segnava sull'agenda i titoli.

Due mesi dopo ero al Fantafestival e l'ho incontrata di nuovo. Mi ha detto che se li era letti tutti i libri che le avevo consigliato. Abbiamo visto insieme un paio di film, uno era *Il mostro della palude silenziosa*.

Ci siamo incontrati ancora. Prima solo nelle librerie a scegliere libri e poi a cena fuori. La portavo in trattorie economiche di periferia. Bruschetta e crostini come piovesse.

Maria è diversa da me. Si vede subito. È molto attenta a ciò che le succede intorno. Io invece sono distratto e un po' schivo.

Doveva trovarci qualcosa, in me, e non lo dico per vantarmi. Forse le piaceva quello che le raccontavo. In realtà, ripensandoci, le parlavo quasi esclusivamente di libri e di pesci.

Probabile che mi sentisse una sua scoperta, da tenere nascosta al mondo. Poi però ne parlava alle amiche.

Mi diceva sei diverso dalle persone che frequento, e io le chiedevo:

«In che senso? Sono anormale? Tre occhi, dodici molari?»

La verità è che quando stavamo insieme si sentiva un'altra. Le sembrava di ribellarsi alla vita che aveva sempre fatto, che poi era andare alle feste, stare ai baretti di Campo de' Fiori, farsi storie inutili e serveggiare.

Io questa cosa l'ho capita subito ma me ne sono sempre fregato.

Ma quanto era bella. E poi mi faceva molto ridere.

Ne è nata insomma una storia, strana per lei, strana per me.

Abbiamo cominciato a vederci sempre di piú. Per un po' ho anche frequentato i suoi amici. Ho passato anch'io un mucchio di tempo ai tavolini di Campo de' Fiori.

C'era Paolo, studente di storia del cinema, biondo, naso aquilino e Francesca, anoressica, piacente, laureata in storia dell'arte medievale ed Enrico, giovane giornalista.

Ci siamo divertiti, insomma, anche se a me alle volte mancava l'aria e allora tornavo nella cuccia a riprendermi.

Quando ho cominciato a stare male le cose sono cambiate.

Ho smesso di leggere, ho preso a bere e a fuggire l'umanità.

Mi sveglio presto e mi sembra di essermi appena addormentato.

La testa mi scoppia. Se mi tocco gli occhi sento
delle fitte di dolore.

Maria dorme.

Raccolgo senza far rumore i vestiti sparsi per
terra e mi vesto. Chiudo delicatamente la porta e
sono in strada. Mi ficco dentro il primo taxi che
trovo e mi faccio portare al negozio.

Sono in tana, devo sempre controllare che tutto sia a posto. Una coppia di *Aequidens pulcher* ha
deposto le uova sopra un sasso. Le difende con coraggio dagli attacchi dei pesci piú grandi.

Li amo, quando si incazzano e cambiano colore
per fare piú paura.

Prendo un grosso retino e li metto insieme alle
uova, in una vasca vuota.

Apro il diario e scrivo:

«Coppia di *Aequidens pulcher* riprodotta. Circa
200 uova. Spostata dalla vasca 16 alla 21. Trattati
con il blu di metilene».

Allevo diverse specie di pesci, creando nuove
varietà. Cerco di riprodurre quei pesci incapaci di
farlo in cattività.

Perché alcuni ci riescono facilmente e altri no?

Non è facile rispondere.

Per tanti anni ho lavorato con un pesce indiano, il *Notopterus chitala*, senza riuscire a fargli de-
porre le uova.

Mesi passati a cambiare acqua, a trovare man-
gimi speciali. Tutto inutile.

Poi ho scoperto su una rivista specializzata che un americano, un certo T. Berardo, era riuscito a far riprodurre il *Notopterus*. Aumentando progressivamente il livello dell'acqua nella vasca e imitando, così, l'arrivo della stagione delle piogge. Questo stimolava il *Notopterus* ad accoppiarsi.

Bravo T. Berardo.

Tiro fuori dal frigo il cibo congelato.

Fegato e cuore, *Chironomus*, *Artemia salina*.

Aspetto seduto che il cibo si scongeli, poi lo verso lentamente nelle vasche. A ogni specie il cibo più appropriato.

Per ultimi nutro i vegetariani, con grosse foglie di lattuga verde.

Prendo dalla ghiacciaia una bottiglia di vodka.

Ne bevo un po'. Mi sento meglio. Molto meglio. I polmoni non mi fanno male, finalmente respiro.

Mi butto sulla brandina.

Diciamocelo pure, ragazzi, sono un alcolista del cazzo. Ora bevo anche la mattina.

Da dove sono spalmato, vedo i raggi di sole attraversare le foglie dei rampicanti e formare macchie di luce sul pavimento.

Me la sento in testa la vodka.

Rido senza sapere perché. Poi mi intristisco a pensare che questo posto vive solo perché ci sono io che me ne occupo ogni giorno.

Se non lo facessi che succederebbe?

I pesci, senza più cibo, mangerebbero prima tutte le piante e poi, disperati, si sbranerebbero tra loro. I sopravvissuti morirebbero in un silenzioso digiuno.

È questo che accadrà, quando passerò a miglior vita.

Comincio a pensare che questa stanza è solo un'estensione del mio corpo. Un'estensione silenziosa, che non si lamenta.

Muoio io, muoiono loro.

La mia parte piú sana sopravviverà solo pochi giorni.

Bevo un altro po', steso sulla branda.

Una volta, questo era un negozio ben avviato. Forse il migliore di Roma. L'ho chiuso perché non mi reggeva piú di vendere, di spiegare a una massa di incompetenti come si fa a far sopravvivere i pesci.

È stata la prima importante mossa del programma di autoeliminazione.

Niente piú lavoro, chi se ne frega! Via cosí, alla grande!

Giú in discesa, a uovo, verso il fondo.

Salto un po' per farmi coraggio.

– Vaffanculo! Vaffanculo! Ce l'hai con me?

Scusatemi ma tra poco ho un appuntamento con «sora nostra morte corporale, | da la quale nullo omo vivente po' scampare».

Mi risdraio. Faccio il morto, incrocio le braccia.

Continuo a ripetermi che devo stare tranquillo, rilassato, calmo e i sensi imbevuti di alcol mi fanno sentire avvolto in un arcobaleno di colori e pesci argentati.

Cazzo, come sto.

In segreteria ci sono due messaggi.

Il primo è di Maria:

«Marco, dove sei finito? Ho notizie esaltanti: stasera Paolo fa il famoso festone all'Olgiata, nella villa del padre. Ci andiamo? Richiamami dopo le otto».

Il secondo è di mia madre:

«Sono tua madre. Che fai? Non sei andato all'appuntamento con il medico? Ti aspettava alle cinque. Mi ha detto che non sei andato neanche la settimana scorsa. Vuoi crepare come un cane?»

Non so quale dei due messaggi mi fa venire piú ansia.

Mi devo sdraiare. Accendo la televisione. Un documentario sulla vipera del Gabon.

Ho un grave problema: i soldi.

Da quando ho chiuso il negozio non è entrata piú una lira.

Ho ridotto al massimo le spese. Vivo con poco, certo non vado a fare shopping al centro. Ma spendo una cifra per bere. Il conto in banca è agli sgoccioli. Potrei vendermi i libri, ma non mi regge. Troppa fatica. Chiederli a mia madre non se ne parla.

Mi prendo una vodka.

Il telefono squilla.

Decido di rispondere.

-- Pronto?

– Pronto, Marco?!

– Chi è?

– Maria.

– Ohi?!

– Come va?

– Bene.

– E tu come stai?

– Bene.

– Ti ho lasciato un messaggio sulla segreteria, l'hai sentito?

– Sí, l'ho sentito.

– Allora, ti va?

– Cosa?

– Di andare alla festa?

– No, non so. Ti volevo parlare.

– Di che?

– Non ho voglia di parlartene per telefono.

– Allora andiamo al festone, cosí ne parliamo in macchina. Ci sarà un sacco di gente.

– No, non mi regge...

– Di parlarmene o di andare al festone?

– Non lo so, tutte e due le cose, forse.

– Che palle, ogni volta...

– Ti prego, non ora...

– Occhei, va bene, però lo sai che mi fa piacere se vieni anche tu...

– Non lo so, ci devo pensare.

– Ma chi cazzo sei?! Sembra che devi decidere del tuo futuro. Porca puttana... è solo una festa... sei il solito egoista...

– Occhei!

– Occhei cosa?

– Occhei, vengo!

– Grande! Ci divertiremo, vedrai.

– Sí, certo...

– A che ora passo a prenderti?

– Boh, non lo so.

– Alle dieci, va bene?

– Sí.

– Marco, mi vuoi bene?

– Sí.

– Quanto?

– Parecchio.

– Parecchio quanto?

– Tanto.

– Tanto quanto?

– Che unità di misura preferisci? Chilogrammi?
Metri? Joule?

– Quanto sei scemo! Ci vediamo dopo.

– Occhei.

Attacco il telefono.

Sono le sette. Tre ore per riposarmi.

Finisco il bicchiere.

Mi accascio sulla branda.

Che le frega se ci vado anch'io? Boh.

Questa sera bevo poco.

Che umore di merda che ho!

Sono in macchina sulla Cassia, diretto al festone, e già non vedo l'ora di tornare a casa.

Maria guida.

La strada è semivuota. Incrociamo pochi fari.

Dentro l'abitacolo fa un bel calduccio.

La radio bassa. Cocciante fa:

– ... *e adesso siediti su quella seggiola. Adesso
ascolta senza interrompermi.*

– Allora, di cosa mi volevi parlare? – chiede
Maria.

– No, niente.

Non ce la posso fare a dirle che sto alla frutta,
che sto per schiodare, che non la voglio piú vedere, che non voglio piú vedere nessuno, che un mostro orrendo mi sta disorganizzando e che sono un
ubriacone.

– Come niente?

– È che… in questo periodo, ecco… non ho granché voglia di avere rapporti sociali, di confrontarmi con il prossimo. Credo che la ricerca dell'assoluto, di ciò che ci fa uomini, sia un processo individuale, un percorso solitario. Questo non significa che non bisogna misurarsi con gli altri, ma è necessario farlo solo dopo aver raggiunto punti saldi, valori incrollabili.

– Tipo?

– Be', ad esempio la consapevolezza di esistere, di essere soli e parte del tutto. Riconoscere che siamo spinti avanti da desideri elementari, brutali, che forse siamo solo macchine metaboliche e che per sentirci vivi dobbiamo anelare e poi consumare.

Sto andando a ruota libera.

– Che noia! Ripeti le stesse cose da quando ti conosco. La vuoi smettere di fare il maledetto? Quando cresci?! Nella vita è necessario trovare sicurezze, punti saldi. Amore e amicizia sono i sentimenti che ci distinguono dagli animali e ci fanno apprezzare la vita. In questo universo del cazzo sono i valori che permettono a milioni di persone di farsi il culo tutti i giorni ed essere felici di tornare a casa la sera sapendo di trovare qualcuno.

Mi sento malissimo.

Perché sto a discutere di problemi che trovo stucchevoli? Tutte le coppie finiscono per sbrodolarsi addosso discorsi inutili?

– Mi vuoi ancora bene, Marco? Dimmi la verità.

– Sí.

Per fortuna siamo arrivati.

L'Olgiata è un complesso residenziale. Villone sparse nel verde a pochi chilometri da Roma. Campi da golf, cavalli, nuoto, quello che vi pare. I ricchi che si autoghettizzano. Un campo di concentramento per facoltosi.

Attraversiamo il passaggio a livello, ci facciamo riconoscere.

Arriviamo in un piazzale dove sono posteggiate Range Rover, Bmw, fuoristrada.

Smontiamo dalla macchina.

Maria indossa un bel vestito scollato color cipria di Dolce & Gabbana, calze ricamate e scarpe con i tacchi alti.

La villa è grossa, genere vecchio casolare toscano. Il prato tagliato all'inglese. La piscina vuota.

Dentro casa c'è il panico.

La musica spara fortissimo. Non riesco a capire chi canta.

Entriamo e ci immergiamo nella massa.

Mi muovo nella folla con difficoltà e devo aspettare che un'ondata favorevole mi sospinga avanti, verso il salotto.

La gente balla dappertutto. Molti stanno appollaiati sulla scala di legno che porta al piano superiore. È pieno di fregne che si affaticano in pista.

Gli Young Disciples imperversano.

Ho bisogno di qualcosa di forte.

Ho perso Maria. Mi muovo radente ai muri.

Arrivo al tavolo delle bevande. È rimasto poco. Questi bastardi si sono scolati tutto. Rimane solo acqua tonica, Fanta e altre stronzate.

Devo prendere immediatamente in mano la situazione, non è il caso di agitarsi. Sono in riserva.

Mi avvio deciso verso la cucina.

L'organismo superiore che stava stipato nello *Sputo* si è trasferito in blocco qui e si sta divertendo e si agita al ritmo degli Arrested Development.

La cucina è grande, ha una batteria di fuochi che farebbe invidia a un ristorante. Cotto e marmo foderano le pareti, fanno cucina di campagna. Fasci di fieno attaccati ai muri.

Per terra c'è un lago. Un tubo vicino i lavandini è rotto. L'acqua sgorga inarrestabile. Due filippine in ginocchio tentano di asciugare con stracci e secchi. La mandria di imbucati ci cammina sopra, fa un pantano assurdo.

Un gruppo di venti-trenta persone tenta di preparare gli spaghetti alle vongole. Aprono cassetti e armadi cercando olio, aglio, prezzemolo. Rompono un paio di piatti.

Trovo il frigo: una cassaforte a due ante. È enorme e rivestito di mogano. Apro uno sportello.

Tombola!

C'è ogni ben di Dio. Stipate nel ghiaccio una ventina di bottiglie di Absolut.

Mi si intenerisce il cuore.

Ne prendo un paio, una la nascondo, non si sa mai.

Mi siedo e mi verso un bicchiere.

– Scusa, me ne daresti un po'? Di là è tutto finito, – mi fa una, vestita con un top di pelle nera e pantaloni a zampa di elefante.

Le do da bere.

– Ma tu sei Marco Donati? – mi chiede. Ha gli occhi di un blu esagerato e i capelli biondi tagliati a zero.

– Sí, sono io. Come fai a saperlo?

– Sono un'amica di Maria. Abbiamo fatto insieme un corso di atma-yoga e tecniche di automotivazione.

– Ah!

– Ti ho visto un paio di volte a Campo de' Fiori.

– Bene.

Alle volte mi stupisco di quanto riesco a essere antipatico.

Ci spostiamo. Le filippine, efficienti, sono arrivate fino a noi. Ma il lavoro che hanno fatto è andato in fumo, dove sono passate è già pieno di impronte di scarpe.

Continuiamo a bere e a parlare del più e del meno.

– Lo sai che Maria vuole affittare una barca a vela per andare in Turchia? Tu che fai quest'estate? – mi domanda.

– Muoio.

Lei si mette a ridere.

– Come muori?

– Sí, ho un cancro. Ho pochi mesi di vita, a ferragosto dovrei aver stirato le zampe.

Lei mi si appiccica addosso e ride. Anch'io adesso me la rido sotto l'effetto dell'Absolut.

Mi parla vicino vicino. C'è una baraonda pazzesca, quelli che cucinano si accalcano sui fornelli e litigano sul tipo di pasta da usare. Ci spingono a lato, tra le conserve.

Mi bacia. Io le poggio una mano sul culo. M'infila una mano tra i capelli. Se chiudo gli occhi la casa si rivolta.

Vado a cercare altra vodka.

Torno e non la trovo piú.

Da quanto tempo sono in cucina?

Devo andare a cercare Maria.

Il salotto straripa di anime.

Tutti ballano. Nessuno escluso, il che mi sembra assurdo. Io sono l'unico in questa festa che non balla. Il suono è assordante e i divani sono stati addossati ai muri per fare spazio.

Ma dov'è Maria?

Eccola là. È in mezzo alla pista. Balla con uno.

Si dimena, muove il bacino, tiene in alto le braccia, si contorce sinuosa e femminile. Sbatte le tette in bocca al suo partner che ha grandi macchie di sudore sotto le ascelle.

Mi sento male, non so se perché la vedo cosí o per l'alcol.

Mi aggiro randagio per la festa.

Mi avvio per un lungo corridoio affrescato con giardini, fontane, pavoni, vedute del Vesuvio in eruzione.

Entro in un enorme studio pieno di libri e varia umanità.

– Scusa, ti va di giocare con noi? Ci manca il sesto, – mi fa un giovanotto basso e un po' stempiato. Veste una giacca blu e pantaloni di flanella. È tutto sudato e respira affannosamente, la camicia fuori dai pantaloni, dal taschino della giacca penzola la cravatta viola.

– A che giocate?

– A tre-tre, giú-giú. Sai giocare?

– Chiaro. Nell'83 ho fatto parte della squadra della regione Piemonte, siamo andati a disputare le finali a Ulan Bator, ma siamo stati sconfitti dalla squadra di Formosa.

– Veramente?! – fa lui eccitato.

– Veramente.

– Io mi chiamo Attilio Ramponi, e tu?

– Marco Donati.

– Forza, Marco, ti presento gli altri componenti della nostra squadra.

Mi porta dagli altri. Stanno seduti su un divano a fiori.

– Ce la possiamo fare, ce la possiamo fare, forza! – urlano tutti insieme.

– Ragazzi, ho trovato il sesto. Si chiama Marco, è un campione, ha vinto le finali di tre-tre, giú-giú nell'87 a Honolulu.

Mi fanno sedere tra loro e ci mettiamo tutti le braccia intorno al collo formando un capannello. Saltiamo tutti insieme. Testa contro testa.

– Motiviamoci, motiviamoci, – fa Attilio.

– Forza, per Dio! – fa uno.

– Li possiamo massacrare! – fa un altro.

– Siamo tostissimi. L'importante è crederci, – faccio io.

Non so dove sono i nostri avversari e non ho voglia di chiederlo. Mi sento abbastanza cotto e contento. – Scusa, tu dove abiti? – mi domanda un biondino che poggia la testa contro la mia. Non lo vedo, ma riesco a riconoscere i mocassini di Gucci e la cravatta che penzola giallo canarino con tanti fox-terrier verdi disegnati sopra.

– Vicino piazza Bologna.

– Ma come?! Questo qua non vive al Fleming, come si fa? – chiede incerto agli altri.

– Non importa, non importa. Non lo scopriranno mai e se ti chiedono qualcosa, fai finta di es-

sere del Fleming, – dice ancora Attilio senza farsi
prendere dal panico.

– Occhei, – dico.

Mi piace, Attilio, è un tipo deciso.

– Bastardi pariolini. Vi massacriamo! – urliamo
tutti insieme.

Finalmente entrano i nostri avversari. Si sono
andati a caricare correndo sul prato all'inglese. Urlano e saltano.

– Fleming, Fleming, vaffanculo, – fanno.

Sono parecchio grossi. Pompano di sicuro in palestra perché hanno colli taurini e braccia enormi.
Sono costretti nelle camicie a righe del Portone e
nei pantaloni di flanella pettinata. Il loro capo si
chiama Pippo ed è una montagna di muscoli. Pro-
fuma di Égoïste e ha i capelli ricci, immersi in una
soluzione cremosa.

Mi domando come mai noi del Fleming siamo
nel complesso meno prestanti. Forse non abbiamo il culto del fisico ma siamo piú attenti ai valori intellettuali? Boh? Chi lo sa.

– Vi schiacceremo... come insetti! – mi ghigna
un pariolino scuro e con i capelli lunghi.

Attilio e Pippo tirano una moneta per chi sta
sopra e chi sta sotto.

Vincono i ragazzi del Fleming. Cominciamo
noi sopra.

Il pubblico ci fa spazio.

I pariolini si piegano, uno dietro l'altro, formando un cordone umano.

Ci mettiamo all'altro capo dello studio, a una
decina di metri dal serpentone.

– Chi parte per primo? – chiedo emozionato.

– Francesco che è il piú agile.

In effetti Francesco è smilzo e proporzionato.

Si carica e parte falcando sopra le mattonelle di cotto. Poggia le mani sul sedere dell'ultimo e salta in avanti, fino in fondo, crollando sulla schiena dei pariolini. Partono un altro paio che atterrano dietro Francesco.

Tocca a me. Inspiro ed espiro ripetutamente e mi lancio deciso. Poggio le mani sulle chiappe dell'ultimo e atterro su un bue che non se ne accorge nemmeno.

– Ragazzi arrivo! Guardatemi! – fa quel vecchio esibizionista di Attilio.

Il nostro capitano parte a duemila correndo con passi felpati da saltatore con l'asta. Prende velocità ma a metà tragitto scivola sul tappeto persiano. I mocassini di Ermenegildo Zegna perdono aderenza. Tracolla mulinellando in aria braccia e gambe e si incastra sotto la libreria Napoleone III in cui sono stipati i volumi verdi del *Lessico universale italiano*.

Che botto allucinante!

Il pubblico va in delirio.

Rimane a terra, tutto storto sotto l'enciclopedia, rantolando parole senza senso, tipo: – Non è nulla, non è nulla, ragazzi. Incidente di percorso. Ora mi rialzo e riparto. Devo far risuolare i miei Zegna. Hanno perso aderenza in curva. Porcalatroia che botto!

Si rialza e si rimette a posto la giacca. Sulla fronte ha un lungo squarcio da cui esce parecchio sangue.

-- Non mi sono fatto niente. Sto alla grande. Ora riparto. Tranquilli boys, tranquilli, – continua a ripetere.

Lo guardiamo stando ancora a cavallo dei pariolini: si tira indietro con le mani i pochi capelli, riempiendosi la volta cranica di rosso, si chiude un paio
di bottoni, imbrattandosi la camicia di sangue. Nessuno osa dirgli niente. Si gira e si guarda solo un attimo in uno specchio coperto di vecchie fotografie
in bianco e nero.

– Cazzo! Mi sono aperto! – riesce a dire e svie-
ne a terra.

Noi ragazzi della collina Fleming smontiamo e
lo mettiamo su un divano.

I nostri avversari si rialzano e urlano:

– Fuori uno, fuori uno. Ora tocca a noi stare
sopra.

Ora che c'è venuto a mancare Attilio siamo
in netta inferiorità numerica: cinque contro sei.
Ci pieghiamo uno dietro l'altro abbracciandoci i
bacini.

Non vedo l'ora che mi montino in collo per farla finita.

Li sento urlare e farsi coraggio.

Rumore di suole e poi uno schianto.

Il primo pariolino si è abbarbicato su quello che
mi sta davanti.

Pippo, il leader, dice:

– Vi spezzo in due, borgatari di merda! Vi stronco, periferici del cazzo!

Prende la rincorsa e salta.

Chiudo gli occhi e mi irrigidisco.

E mi crolla addosso.

E non è umano. Che cos'è allora? È un bufalo,
un bufalo americano, un *tatanka*. La colonna verte-
brale mi si flette fino al limite massimo, le vertebre

scricchiolano, le gambe cedono sotto quella montagna di muscoli e testosterone.

Respiro a malapena e Pippo mi stringe come fossi la sua fidanzata.

Un altro e un altro ancora ci cadono sopra.

Per ora reggiamo, siamo piú tosti del viadotto di corso Francia. Ma non sento piú le gambe, non sento piú niente.

Pippo si agita come un disperato per farmi cedere.

Continuo a tenere gli occhi chiusi. E a resistere.

Tutto è scomparso intorno a me: ci sono solo io, Atlante e il mondo, sopra le mie spalle.

Vecchio Pippo, cosí mi farai morire.

Le giunture dello scheletro cigolano come cardini arrugginiti.

– Resisti, resisti! – mi ripeto a denti stretti.

E capisco che sopra di me non c'è solo Pippo.

È la vita, che mi grava addosso. È tutto. È quello che dovevo fare e non ho fatto. Sono le cose che ho cominciato e non ho mai finito. Le lezioni di pianoforte. La bocciatura in secondo liceo. È mia madre che mi dice non ti capisco. È Maria che si dimena nell'altra sala. È l'appuntamento con l'esattrice di vite sprecate.

Oddio, non ce la faccio, che enorme fardello sei, Pippo. Come pesi!

«Mollati, piegati, crolla a terra, spiaccicati sulle mattonelle di cotto…» sussurra una vocina antipatica rinchiusa nella mia testa.

Sto per cedere, per piegarmi, quando finalmente vedo *Super-celapuoiancorafare*, il mio supereroe preferito, che volteggia in aria con il mantello blu e le scarpe gialle.

«Forza! Forza! Perdio! Vecchio Atlante del cazzo! Non ti abbattere. Non lo vedi che hai colonne di marmo al posto delle gambe? Non capisci che hai una spina dorsale di cromo-vanadio?! Sei duro come il massiccio del Gran Sasso», mi dice con il suo sorriso buono e rassicurante.

Sí, sí, è vero, sono una roccia. Pippo, non mi fai un cazzo!

Continuo a rimanere cosí, per non so quanto tempo, sotto i pariolini, ore forse, poi la fiera resistenza dei ragazzi del Fleming si sgretola a terra vanificando la mia impresa eroica.

Perdiamo.

Era chiaro, quelli della *rive droite* sono sempre piú tosti, lo sanno anche i bambini.

I pariolini si abbracciano felici e a me non resta che tornarmene di là. Ho la schiena spezzata. Attilio giace ancora svenuto sul divano.

Rientro in sala da ballo. Bevo un sorso della mia vodka. Trovo finalmente un posto per sedermi. Arriva Maria che ha smesso di ballare.

– Dov'eri? T'ho cercato tanto! – mi fa ridendo. Deve essere un po' sbronza. – Non c'è piú niente da bere? Che festa di merda!

Tiro fuori dalla tasca l'Absolut. Si attacca.

– Andiamo a ballare? Dài! – dice.

Mi faccio trascinare in pista. In fondo ho voglia di ballare. Ci facciamo spazio tra i corpi, tra le braccia.

Diana Ross canta: «*Up side down, round and round*».

Mi sembra di non aver mai ballato cosí sciolto. Urlo. Sollevo le gambe. Salto.

Balliamo come dannati.

Dopo Diana cantano Aretha Franklin e Hank Ballard & the Midnighters.

Smettiamo quando entra un pezzo di Falco: *Der Kommissar*.

Ci baciamo e l'organismo, intorno a noi, si agita a ritmo.

Non ci reggiamo un granché sulle gambe ma saliamo le scale e sbattiamo contro quelli che sono seduti sugli scalini e inciampiamo nei cappotti.

Abbracciati ci avventuriamo lungo un corridoio coperto di moquette color blu elettrico. Ci infiliamo in una stanza.

Al centro un enorme letto a baldacchino. Buttate sopra pellicce di animali diversi e cappotti di cammello. La musica sembra lontana, al di là della porta.

Maria ride e barcolla un po'. Mi spinge sul letto.

Comincia a spogliarsi e lancia le scarpe una da una parte e una dall'altra.

– Che fai? – domando.

– Ora lo vedi!

Mi salta addosso. Mi bacia e rapidamente arriva alla cerniera dei pantaloni. Mi slaccia la cinta, mi abbassa la chiusura lampo. Io intanto ho infilato la faccia tra i visoni e li mordicchio. Me lo prende in bocca. Vedo la sua testa alzarsi e abbassarsi tra le mie gambe. Continua a lungo. Le stringo i capelli.

A un tratto mi rilasso e le vengo in bocca.

Maria continua ancora per un po' poi si rialza e tenta di sorridere, ma il sorriso le si trasforma in una strana smorfia. Strabuzza gli occhi e si piega stringendosi le mani sul ventre.

Vomita sopra le pellicce.

Bussano.

Vogliono entrare.

La TV dice che perturbazioni nuvolose cariche di pioggia si sono poggiate sulla città e non se ne andranno mai piú via.

Da due giorni non esco dal negozio.

Ho fame.

Sbranerei sofficini ripieni di mozzarella e pomodoro. Le puntarelle con le acciughe. Anche un panino con il salame milanese e la mozzarella di bufala non sarebbe male.

Forse potrei uscire e andare a far la spesa.

Mi metto il cappotto sopra il pigiama. Per terra, sotto la saracinesca, ci sono delle lettere lasciate dal postino.

Bollette, pubblicità di scuole serali e una lettera stropicciata. Busta azzurrina, carta leggera, posta aerea. Deve aver fatto un lungo viaggio. La calligrafia è chiara, un po' tremolante. Per scrivere l'indirizzo è stata usata una penna stilografica rossa. L'inchiostro si è sparso intorno alle linee delle parole. Francobollo indiano, timbro di Nuova Delhi.

Rimango un po' a guardarla e mi verso un bicchiere.

Mi siedo sulla branda.

Chi può avermela mandata?

Cerco di ricordarmi se conosco qualcuno che è andato in India. Nessuno, mi pare.

La apro. La leggo.

Gentile signor Marco Donati,

Chi le scrive è un'anziana signora inglese con un grande problema che lei, credo, potrà risolvere. Adoro i pesci e da tanti anni mi interesso alle loro abitudini. Potrei passare mesi a osservarli mentre nuotano.

Sono costretta su una sedia a rotelle, le gambe non mi aiutano piú. Vivo in India ormai da tanti anni. La televisione qui è terribilmente noiosa, avere davanti un acquario mi renderebbe infinitamente piú felice.

Per questa ragione le scrivo. Ho una grande casa dove vivo sola con la servitú. Prima di morire (non manca molto) vorrei vedere esaudito un desiderio: un grande acquario nel salotto. Forse potrà pensare che sia originale chiedere a qualcuno che abita cosí lontano di venire fin qui.

Ma so che lei è indispensabile per un progetto come questo. Lei è la persona piú adatta, ha le conoscenze necessarie.

Sono sicura che non vorrà rifiutare l'opportunità di costruire l'acquario piú grande di Delhi.

La prego, venga subito. L'attendo con ansia,

Margaret Damien

P. S. Nella busta troverà un assegno. Spero sia sufficiente per le sue prime necessità e per volare qui. Fa caldo, porti con sé abiti leggeri.

Dentro la busta c'è un assegno di 5000 sterline inglesi.

Rileggo piú volte la lettera. Mi verso da bere. Accendo la televisione. Su una rete privata tra-

smettono un film con Amedeo Nazzari nella parte
di un famoso aviatore.

Mi accoccolo e cerco di addormentarmi.

Ci vado.

Ho deciso. Parto.

Vado in India. Vado a costruire l'acquario piú
grande di Delhi.

Io, sconosciuto venditore romano di pesci, ho
la piú grande occasione a pochi minuti dalla fine
del secondo tempo. Incredibile.

Ragazzi, ci vado. Che ficata! Abbandono la
cuccia.

All'inizio ho pensato che la lettera poteva essere
benissimo uno scherzo. Qualche imbecille che co-
nosceva la mia immobilità, la mia incapacità con-
genita a smuovere il culo, il terrore atavico, da
uomo di Neanderthal, che mi prende quando abbandono la tana.

Non ho mai viaggiato in vita mia. Una volta sono andato in Svizzera ma ero talmente piccolo che
neanche me lo ricordo.

Ma ora mi muovo.

Se ripenso al tempo che è passato da quando ho
scoperto di essere malato mi sembra tantissimo.
Quanto è cambiata la mia vita da allora, mi sono
abbandonato alle rapide. Non ho provato a nuotare contro corrente. Anzi, se volete saperla proprio
tutta, ho pure pedalato.

Qualcuno dice che devo partire? Va bene. Mi
ero preparato a ricevere l'estrema unzione a casa,
nella cuccia, ma dicono che mi devo spostare. Non
c'è problema. In Italia o in India, stessa cosa.

Ragazzi, sto partendo per una grande avventura. L'ultima avventura.

Cazzo, la verità è che sono un vecchio kamikaze.

Nascondetevi, fatemi largo che è meglio, il vecchio Marco Donati è entrato in campo per giocare l'ultima partita.

Lo sapevo, il destino esiste.

Ora però dovrei parlarvi di mia madre.

La sua giornata tipo:

si sveglia verso lei sei, sei e mezzo, si infila una tuta da ginnastica e fa jogging facendosi spazio tra le macchine. Ingoia la sua dose quotidiana di smog e torna a casa. Ricca colazione a base di cereali e via di corpo. Nutre i suoi micetti (le povere bestiole!) scaraventando dal balcone della cucina bistecche grandi cosí. E vive al secondo piano. Gli inquilini del condominio sanno dei bombardamenti ed evitano di entrare nel raggio d'azione di mia madre.

Oltre a correre, passa gran parte della giornata in palestra. Tira su pesi e suda nel bagno turco.

Per una donna della sua età mantenersi in forma costa fatica, ma ne è ripagata: uno, occupa il suo tempo; due, gli uomini lanciano occhiate rapaci alle sue curve paraboliche.

A Natale poi, per usare le sue parole, si fa il regalino. Prima si è rifatta il naso (si è tolta la gobbetta), poi si è riempita le labbra di silicone, poi si è tirata la faccia e si è gonfiata le tette, da una seconda scarsa a una terza abbondante.

Le poche ore che restano le passa tra «La Settimana Enigmistica» (è una grande esperta di rebus) e le riviste femminili.

Ma ciò che sopra ogni cosa la rende felice sono gli uomini. È stata una vera liberazione la morte di mio padre tre anni fa. I desideri compressi in lunghi anni di vita matrimoniale sono potuti finalmente emergere in superficie.

Insomma, è una donna attiva e dinamica.

Pensate un po' come può sentirsi ad avere un figlio come me. Uno che si lascia sprofondare nella malattia come in una poltrona comoda, un cerotto vivente, un sedentario affetto da sindrome iperimmaginativa fantastica, un alcolista.

Si dispera, la poveretta.

Ma nonostante questo e il suo interesse smisurato per se stessa, credo che in fondo mi voglia bene.

Come fanno d'altronde, senza sapere perché, tutte le gatte con i loro cuccioli.

Sto andando a cena da mia mamma.

Le devo dire che parto, vado in India.

Non credo la prenderà un granché bene.

Suono al citofono.

– Chi è?

– Sono io, tuo figlio, apri.

Mi aspetta alla porta. Mi stringe un po'. Ci baciamo.

– Come stai? – mi fa.

– Non c'è male. E tu?

– Splendidamente.

È vero. Indossa pantaloni aderenti di maglia nera, un golf d'angora azzurro e zoccoli a spillo. Ha i capelli biondi, tinti di fresco.

– Hai fame?

– Insomma, – rispondo svogliato.

– Vieni, ti voglio presentare qualcuno.

Che palle! Porcalaputtana! Ogni volta cosí. Io dovevo parlarle e lei invita gente.

In salotto, spaparanzato sul divano, davanti alla TV, c'è un tizio con gli occhiali da sole.

È vestito con pantaloni e giacca di pelle nera, stivali dello stesso colore. I capelli lunghi, biondocenere, sono raccolti in un codino.

Chi sarà? Un marchettaro rimorchiato per strada? Un autostoppista tedesco caricato al Brennero? Certo è il nuovo amante di mia mamma.

– Ciao, sono Marco.

– Salve, Alfred Schaum, – fa lui con uno strano accento. Sarà mica russo? – Allora, questo è tuo figlio? – chiede a mia madre.

– Sí. Carino, vero? – fa lei dalla cucina e va a preparare la cena. Bevo un po' di Grand Marnier. C'è solo questo. Il tizio è taciturno e sta inchiodato davanti a un gioco a premi. Ma a un certo punto mi dice:

– So che lei è malato di cancro.

Rimango di stucco.

– E lei che ne sa?

– Me l'ha detto sua madre.

– Ah.

Perché mia madre racconta agli sconosciuti che sto male?

– È vero che non si vuole far curare?

Ora lo mando affanculo, a 'sta testa di cazzo. Che vuole da me?

– Fa bene. Non si fidi della medicina tradizionale. Sono solo macellai.

– Ahh.

Che strano individuo. Deve essere pazzo.

– Meglio morire che affidarsi a gente incompetente che prolunga inutilmente le pene.

– E lei chi è? Un medico omeopatico, uno stregone pellerossa, un guaritore filippino, o cosa?

– Niente di tutto questo. Sono solo un uomo di
scienza che vede le cose in modo un po' diverso dagli altri.

– Ah, che bello.

Ci mettiamo a tavola.

Penne all'arrabbiata, patatine fritte, cotolette
alla milanese, frutta.

Non ho fame.

Mia madre confronta il mio amore per i pesci
e il suo per i gatti. Sarà la millesima volta che la
sento fare questo discorso. Lo straniero mangia silenzioso e sembra annoiarsi.

– Mamma, io parto. Vado in India. Vado a costruire un acquario. Starò via un po', poi torno, –
riesco a dire dopo aver finito la cotoletta.

– Come? Non ho capito.

– Vado in India.

– In India?! Marco, ma che stai dicendo?

– Allora non capisci. Vado in India.

– Che idee ti vengono. Non puoi, nelle tue condizioni. Ma ti guardi mai allo specchio? Hai una
faccia che fa spavento. Dove devi andare? Ti devi curare, forse non l'hai ancora capito! Dimmi,
Alfred: non ha una faccia orribile?

– No, non mi pare, per essere allo stadio terminale ha una cera discreta, – fa il signore delle tenebre, sgranocchiando una patatina.

– Hai visto?! Anche lo scienziato dice che sto
benone! – faccio io, rincuorato.

– Ma lo sai che non è mai andato a fare la chemioterapia? Virgilio Vagoni, il suo medico, è rimasto
sconvolto dall'atteggiamento di Marco, – dice mia
madre alzando la voce e rivolgendosi a mister X.

– Ti prego, non parlarmi della chemioterapia. Sistema primitivo, brutale. Che parta, si goda questi
ultimi giorni, tanto ormai è condannato.

– Ben detto, Alfred! – sbotto.

Ma poi mi viene un po' di tristezza a sentir dire da qualcun altro che sono condannato. Questo
lo devo dire io, non il primo venuto, porcalatroia.

– Ma che fa in India tutto il giorno? In quel Paese
di zozzoni e morti di fame? – continua mia mamma.

È ossequiosa con Alfred. Non l'ho mai vista
stare ad ascoltare qualcuno. Credo sia innamorata.

Continuano a parlare tra loro. Mi escludono dalla conversazione.

Mi alzo, vado in cucina e mi verso qualcosa di
forte.

– … non è riuscito mai a combinare nulla nella
vita. Un fallito, un incapace, è stato bocciato al liceo… – continua mia madre di là.

Quando comincia non si ferma piú.

Prendo il cappotto ed esco.

Passando sotto il suo balcone noto i gatti assie-
pati su una macchina. Aspettano le bistecche.

Ora tocca a Maria.

Non l'ho piú vista dal giorno del festone. Abbiamo parlato un paio di volte al telefono, questo
è tutto.

Ci siamo dati appuntamento al *Cinghiale*, un ristorantone sulla Flaminia, in mezzo ai campi.

Quando arrivo Maria sta seduta a un tavolo, vicino una grande finestra che dà su un cantiere in costruzione.

Indossa un golf di cachemire grigio girocollo, una minigonna rosso scuro, calze nere e scarpe di Fendi rosse con il tacco a spillo.

– Ce l'hai fatta, finalmente!

– Sí ma perché qui? – dico io indicando il ristorante di lusso.

– Non sai come si mangia…

Maria è ricca. Il padre è un famoso architetto. Anche lei vuole fare l'architetto. Tra un po' si dovrebbe laureare. Il padre le sgancia un sacco di soldi e lei sta tranquilla.

– Devi assolutamente assaggiare le pappardelle al cinghiale, sono pazzesche! – mi fa eccitata.

– No grazie, è un po' pesante, preferirei degli spinaci al burro, – dico consultando la carta.

– Sei pazzo! Guarda che il cinghiale è leggerissimo. Ho letto che tutte le nuove diete ipocaloriche si basano sulla carne di cinghiale. Il rapporto tra lipidi e proteine è maledettamente a favore di queste ultime. Il cinghiale è il cibo del futuro. Durante l'America's Cup l'equipaggio del Moro mangiava solo panini ripieni di salsiccette al cinghiale. In Florida hanno cominciato ad allevarlo intensivamente. E sono anche molto intelligenti. Se non ti vanno le pappardelle assaggia almeno i crostini al sugo di cinghiale.

– No, non mi vanno proprio.

– Sei un pazzo! Sono delicatissimi. Dài, assaggiali.

– No, grazie.

– E le salsiccette di cinghiale? Almeno quelle.

Sono estenuato. Che sia un'allevatrice di suini e non l'ho mai saputo?

– Mi dia le salsiccette, per favore, – faccio disperato al cameriere.

– Ti sei ripreso dalla festa?

– Sí, abbastanza.

– Anch'io. Stasera c'è l'inaugurazione di un nuovo locale a Testaccio. Deve essere divertente, ci va un fracco di gente. Ti va?

– Senti, Maria, io parto. Vado in India. Per lavoro.

– Ma dài!?

– Sí. Vado a costruire l'acquario piú grande di Delhi.

– Fichissimo!

– Forse potresti venire con me…

Veramente non so come mi è uscita questa. Credo che l'ho detto solo per codardia o perché il pericolo è il mio mestiere.

– Che strano. È la prima volta che mi chiedi di partire! Mi piacerebbe moltissimo, ma…

– … ma?

– … non posso.

Tiro un respiro di sollievo. Per un attimo ho creduto che mi avrebbe detto di sí.

– E perché?

– Devo andare a Parigi con Marcella. Non ti ricordi? Vorrei provare a scrivere degli articoli sulle sfilate di moda per l'estate.

– E per quale giornale li scrivi?

– Non lo so, poi si vedrà, anzi, perché non molli

il lavoro in India e vieni con noi a Parigi? Deve essere il massimo quest'anno. È l'anno Chanel.

– No grazie. Comunque sei una stronza, per
una volta che abbiamo una possibilità come questa. Preferisci andare a Parigi alle sfilate del cazzo.

– Amore, mi dispiace. Ma ci tengo moltissimo.
Vedrai che ti divertirai anche senza di me.

– Vabbe', la verità è che non ti regge di fare un
viaggio con me.

Non capisco perché continuo su questa linea.
Credo solo per il gusto della polemica. Sento di
avere il coltello dalla parte del manico e mi piace
affondarlo.

– No, non è vero. Quando torni potremmo andare a sciare in Svizzera. Va bene?

– Mi vuoi dare il contentino?

– Dài, amore, smettila! Che palle che sei. Tutt'a
un tratto mi diventi possessivo. Che succede?

Lascio perdere, meglio non esasperare la situazione.

Me ne vado e ho la sensazione che sia l'ultima
volta che la vedo.

Sono andato a preparare i bagagli. Ho riempito
una valigia di pompe, aeratori, filtri e lampadine.

Mi avvicino a un mobiletto, lo apro, tiro fuori
boccette di diversi colori, ne scelgo una e rimetto
le altre a posto.

È una bottiglietta con il vetro scuro e il tappo di
sughero. Dentro c'è una polverina incolore.

Stricnina.

Vado al tavolo e con l'aiuto di una calcolatrice
faccio un paio di operazioni. Verso il contenuto

della boccetta su un pezzo di carta argentata. Tiro fuori da un cassetto una piccola bilancia di precisione con i piatti dorati. Peso. Preparo mucchietti di grandezze differenti. Con cautela li poggio su un vassoio. Mi alzo e passo con il vassoio tra gli acquari.

In ognuno verso la dose giusta, calcolata in relazione al numero di litri e al numero di ospiti.

Quando ho finito rimango a guardare.

I pesci, tutti, anche quelli che vivono nascosti sotto le pietre, salgono a galla e cominciano a boccheggiare aspirando l'aria. Tremano e non riescono a controllare la posizione del corpo. Nuotano storti, di lato, a testa in giú, facendo cerchi concentrici. Cercano di raggiungere il fondo, ma appena smettono di nuotare sono tirati a galla dalla vescica natatoria gonfia di gas. Alcuni, impazziti, saltano fuori dalle vasche. Cadono sul pavimento, schiaffeggiando le mattonelle.

Dopo mezz'ora sono tutti morti.

I cadaveri sono sparsi ovunque, tra le piante, sulle rocce, sospesi a mezz'acqua, galleggianti.

Prendo una grande busta della spazzatura e tiro fuori dalle vasche i corpi senza vita. Raccolgo quelli per terra. Tra l'argento delle squame, tra le pinne trasparenti ammassate una sull'altra ogni tanto balena il riflesso metallico di un occhio, nero e tondo, che sembra volersi riempire per l'ultima volta di luce e immagini.

La stanza è sempre la stessa, manca solo di forme in movimento. Attraverso la vetrata filtra una luce stanca. Le piante sono rigogliose, insensibili al veleno, l'acqua continua a gocciolare e l'aria a riempirsi di umidità. Controllo i timer delle lampade, i rubinetti. Chiudo le vetrate. È diventato finalmente un ambiente autosufficiente.

Vive da solo, senza piú bisogno di nessuno.

Era l'unica cosa da fare. Non potevo partire e lasciarli cosí. Nessuno se ne sarebbe occupato e poi… poi niente. Li ho fatti secchi.

Tiro fuori dal congelatore l'ultima bottiglia di vodka. Questa sera mi sfondo sul serio. Ci vuole, prima di partire. Mi sdraio sulla branda. Tra gli acquari vuoti.

Sono contento di partire?

Non lo so. Sí. Forse non dovevo. Forse…

Basta. Dovevo partire. Punto e basta.

Bevi, che è meglio. Devo brindare.

A cosa?

A domani. Al viaggio. All'India. Alla signora Damien.

Margaret, ti costruirò l'acquario piú bello del mondo, te lo giuro.

Che strano, mi pare già di volare. Dev'essere la vodka. Mi sembra di staccarmi da terra. Di essere leggero come un palloncino.

Ho perso la zavorra.

Nuova Delhi

È la prima volta che salgo su un aereo.

E ho paura. Non mi piace l'idea di staccare i piedi da terra e guardare le città ridursi a formicai.

Ho fatto acquisti alcolici al duty free. Sto cottissimo. Ho le gambe molli molli. Mi siedo nella fila centrale del Jumbo abbracciando le bottiglie.

Un gruppo di arancioni occupa tutte le poltrone intorno. Saranno una ventina. Tutti rapati, con un codino sulla nuca e grandi pantaloni di cotone leggero. Dagli zainetti tirano fuori panini incartati nella stagnola. Accendono l'incenso e cominciano a mangiare.

Me ne offrono uno.

– Tieni, ragazzo, mangia.

– No grazie. Non ho fame.

– Non fare complimenti. Prendi.

– No, veramente. Grazie.

– Guarda che è buono... mi offendo...

– ... ma...

– Ti prego, mangia.

– Occhei, grazie.

Che devo fare? Di fronte a tanta insistenza...

Scarto, apro e senza farmi vedere studio il companatico.

Chissà che schifezza ci avranno messo dentro.

Mortadella e stracchino!

Buonissimo. Mi unisco al gruppo.

Arriva la hostess. Una biondona con un neo peloso vicino la narice destra. Non vuole che tengano acceso l'incenso.

Il capo degli arancioni obietta che si trovano nella zona fumatori.

Io mi guardo la scena mentre mangio come se fosse alla televisione.

Questionano a lungo e finalmente arrivano a un accordo: possono tenerlo acceso dopo il decollo.

Dopo la merenda, tutti insieme, mentre l'aereo si alza in volo e io mi aggrappo, cacandomi sotto, alla poltrona, cominciano a intonare una nenia mortale, cupa e monotona.

Mi sento strano.

Rintronato, non riesco a stare sveglio, le palpebre mi pesano e mi cade la testa da tutte le parti.

Tracollo.

Non riesco a tenere gli occhi aperti. E manca poco all'atterraggio. Ho passato tutto il viaggio in una specie di coma. Che mi sta succedendo?

Gli arancioni continuano a guardarmi come fossi un animale raro e a parlare tra loro.

Mi sento proprio strano.

Provo ad alzarmi. Devo muovermi. Ma le gambe sembrano ciocchi di mogano. Mi gira la testa da morire.

– Dove vai? – mi chiede l'arancione che mi ha offerto il panino.

Quant'è brutto!

– Una passeggiata. Non mi sento in formissima...

– Naa. Tu non vai da nessuna parte. Stai al tuo posto.

– Scusi, sa, ma lei non può ordinarmi proprio un bel niente. Io faccio quello che mi par...

L'arancione mi afferra per le braccia e mi rimette seduto. – Vuoi un altro panino? Scommetto che hai ancora fame? Vero?

Ora capisco! Ecco cos'ho. Il panino. Questi bastardi devono aver drogato lo stracchino.

– Franco, passami una bella rosetta per questo giovane affamato, ma questa volta con l'auricchio piccante, – continua l'arancione senza ascoltare le mie proteste.

Chissà che cosa vuol dire nel loro gergo «auricchio piccante».

Franco fa paura, ha due mani che sembrano due pale per la pizza. Porta una maglietta arancione e i pantaloni a sbuffo trasparenti. Tira fuori dallo zainetto un altro panino, guarda in giro e poi me lo ficca in bocca. Provo a ribellarmi, ma è tutto inutile. Sono troppo stonato.

– Mangialo tutto. Sennò ti massacriamo di botte.

Obbedisco. I due guardano compiaciuti mentre mi butto giú il panino.

Ma a un tratto mi metto a urlare. – Aiuto! Aiuto! Mi obbligano a mangiare i loro pan... – Franco mi acchiappa le palle e stringe. Io continuo a urlare, gli altri aumentano il volume della preghiera nascondendo le mie grida.

Mi obbligano a finire il panino.

Fa uno strano effetto, deforma le immagini.

Non è male, però.

Mi si stampa un sorriso sulla faccia.

– Posso averne un altro? Questa volta con la lonza.

– Adesso devi andare al bagno, vero? – mi fa Franco.

– No, non mi sembra... – rispondo ingenuamente. Non ho neanche finito il discorso, che sento di nuovo una mano rovistarmi tra i coglioni.

– È vero, ho un bisogno da soddisfare prestissimo.

Mi tirano su e mi trasportano al bagno. Non sento le gambe e non vedo bene. Davanti a me vedo due aerei. E continuo a sorridere come un idiota. Mi attacco alla poltrona di un signore immerso nella visione di *Una sirena a Manhattan*. I due mi staccano e mi infilano nella toilette.

Nel bagno siamo un po' strettini tutti e tre.

– A che volete giocare? A chi ce l'ha piú lungo?

Franco mi molla un cazzottone sul grugno. Mi accascio a terra. L'altro, di cui ancora non conosco il nome, mi prende a calci. Mi spogliano.

Aiuto! Mi vogliono violentare.

No, fortunatamente mi denudano e basta, poi mi infilano un pigiama arancione, di quelli con gli elastici alle estremità. Mi afferrano la testa e si divertono ad ammaccarci il lavandino. Poi tirano fuori una macchinetta tosacapelli e si improvvisano barbieri.

È troppo, mi vogliono trasformare in un arancione, io che non ho fatto nemmeno la comunione. Mi agito come un'anguilla e per risposta i miei amici continuano a sporcare la tappezzeria del cesso con il mio sangue.

Meno male che svengo.

Mi fa male tutto, qualsiasi punto del corpo. Non ho voglia di aprire gli occhi. La mia salute è ai minimi termini.

Non siamo piú in volo.

Tutto me lo dice: il caldo orrendo che mi si appiccica addosso come carta moschicida, il rumore assordante di un motore e gli odori forti.

Apro gli occhi appena un po' e scopro di essere seduto dentro un pulmino pieno di arancioni, legato come un salame.

Corriamo su una lunga strada sterrata. Ai due lati, capanne di fango e polistirolo coperte da buste di cellophane; in lontananza gli scheletri di cemento armato di edifici moderni ancora in costruzione.

Mi hanno rapito.

Vaffanculo, se lo sapevo non ci venivo in India. Mi manca la cuccia. Mi mancano i pesci. Mi manca addirittura mia mamma.

Cerco di sgranchirmi.

– Si muove! Si è svegliato.

Una arancione bonazza, bionda, alta e tettona mi si siede accanto.

– Scusami bellezza, ho qualche problema di movimento, mi daresti una mano a tirarmi fuori da questa incresciosa situazione? – faccio io.

– Che succede?

– Ho tanto male.

– A che cosa, piccolino?

Detesto chi mi chiama piccolino, ciccino, bambino, trottolino. Mi fa incazzare da morire.

– Guarda come ti hanno ridotto. Saresti proprio un bel ragazzo senza tutte queste ammaccature. Ti hanno fatto la bua? Che cattivi. Ma tu non ti sei comportato bene sull'aeroplano. Dov'è che ti fa male?

Bella domanda. Faccio prima a dire dove non mi fa male.

– Non te lo saprei dire con esattezza, forse... – dico con voce timida, – mi fa piú dolore in basso... nel punto in cui convergono gli arti inferiori e il tronco.

Non so se sono stato abbastanza chiaro.

– Oh poverino, fammi sentire.

Mi infila la mano dentro il pigiama.

– Non mi sembra che stai tanto male, tutto sembra rispondere.

– Scusami, eh... Non potresti darci un'occhiata piú da vicino? Non sono cosí sicuro che sia tutto a posto.

La bionda si china. Era quello che aspettavo.

Le chiudo la testa tra le cosce, in un tipico laccio californiano – mossa di wrestling, imparata alla televisione. Stringo come un disperato. La ragazza urla. Mollo la presa e le do una ginocchiata in faccia.

La stronza mi addenta l'uccello. Io, intanto, continuo a prenderla a cazzotti sulla testa. Finalmente molla la presa. Tiro un respiro di sollievo. Le mollo un'altra ginocchiata sul naso. Crolla a terra.

Mi tiro su. Saltello attraverso il pulmino. Arrivo al portello quando due artigli mi afferrano.

No! È Franco, l'arancione dell'aereo! Il maledetto, la Punizione di Dio, che mi molla un manrovescio sulla bocca.

– Coglione! Lo vuoi capire che lo facciamo per il tuo bene? – dice.

Vorrei dirgli qualcosa di offensivo sui suoi parenti ma non posso, mi deve aver estirpato il lavoro

di anni del dentista. La bonazza bestemmia come
uno scaricatore del porto di Bari.

Finisco steso a lato dell'autista. Mi tirano per i
piedi. Mi attacco ai pantaloni dell'autista con i denti.

Comincio a essere stanco di questa situazione,
nelle ultime ore ho preso troppe botte. Non fa bene.

Il guidatore mi colpisce in testa con una sta-
tuetta portafortuna piuttosto pesante. Ma io non
mollo lo stesso.

– Lasciami! Lasciami, bastardo. Cosí ci ammazziamo. Non riesco a guidare, – dice l'indiano al
volante.

Il pulmino sbanda a destra e a sinistra.

Ma non mollo. Anzi gli addento il polpaccio e
scalcio. Perde il controllo, il pulmino si avvita su
se stesso.

Vengo sbattuto contro la portiera che si apre.
Finisco di sotto, nella polvere, legato come un salame. Mi fa un male cane scivolare sulla strada piena di sassolini e buche. Vedo in lontananza il pulmino superare con un salto l'argine della strada,
spiccare un volo maldestro e scomparire in basso,
nel fossato.

Un boato e una vampata.

Sistemati.

Speravo di risvegliarmi a casa mia e invece sto
in una baracca.

Dove sono finito?

Vorrei alzarmi ma non riesco a muovermi. Ho
male ovunque.

Entra un vecchio indiano, curvo e pieno di ru-
ghe, con una valigetta del pronto soccorso e senza

dire una parola la apre e mi fa bere un'intera bottiglietta di un liquido verde.

Sto subito meglio.

Che pozione miracolosa! Che roba è?

Provo a chiederglielo ma quello non capisce
niente.

– Delhi? Siamo vicini a Nuova Delhi? – dico
scandendo bene le parole.

– Delhi! Delhi! – ripete contento.

Saremo in periferia, chi lo sa.

Continuo a chiedermi: che cosa volevano da me
quei brutti ceffi arancioni?

Perché hanno tentato di rapirmi? La risposta
deve essere in questo viaggio in India, nella lettera, nella costruzione dell'acquario.

Ma se ci penso troppo mi viene l'emicrania.

Le figlie del vecchio, credo siano le figlie, sono molto carine. I loro capelli scuri come le piume
del gallo cedrone, le bocche piccole e rosse, i seni
sodi, le anche morbide, la vita stretta, le caviglie
sottili e ingioiellate mi fanno morire. Mi aiutano
a camminare, mi cambiano le fasciature senza mai
dire una parola, mi guardano solo un momento poi
abbassano lo sguardo.

Vorrei prenderle tutte e due e metterle sotto le
lenzuola, nel mio letto. Ma mi devo alzare. Devo
andare a Delhi e trovare subito la signora Damien,
chiederle che cosa vuole da me, capire se è impli-
cata nel rapimento.

Ho perso tutto. I vestiti. I soldi. La valigia.

Inizierò col chiedere un anticipo alla vecchia,
almeno qualcosa per rifarmi il guardaroba.

La strada fino a Delhi è lunga.

Me ne sto seduto su un carretto trainato da un mulo pelle e ossa e mezzo zoppo. Il vecchio fa il verduraio. La domenica porta al mercato zucchine e frutta esotica.

Appena arriviamo in città scendo e lo saluto.

È stato cosí gentile, vorrei dargli qualcosa, ma sono piú povero di lui. Lo bacio e lo stringo forte. Lui sorride e mi dà un ananas.

Giro tranquillo per la città. Nessuno mi rompe le scatole, neanche i poveracci. Dev'essere il mio abbigliamento. Faccio schifo pure ai mendicanti.

Provo a prendere un taxi ma l'autista non mi fa salire.

Continuo a camminare in questo immenso mercato. Bancarelle, venditori ambulanti, masse di affamati si accalcano, e non si riconosce chi compra e chi vende. Non ho mai visto tanti prodotti della natura gettati insieme, alla rinfusa, come in un'enorme macedonia.

Trovo l'indirizzo della signora Damien sull'elenco del telefono, mi dicono che non è molto lontano, solo pochi chilometri. Dopo una mezz'ora di cammino forzato sotto il solleone, attraverso case diroccate e strade intasate da motorette, cani e altri animali, carretti e biciclette, arrivo in un quartiere residenziale. Le strade sono ampie e le ville si susseguono, i tetti di mattoni rossi spuntano dalla vegetazione verdissima.

E alla fine trovo la casa.

Sono emozionato. E un po' imbarazzato per il mio stato. Suono al citofono. Aspetto a lungo.

Finalmente. – Chi è?

– Salve, sono Marco Donati.

– Che cosa vuole?

– Sono il tecnico degli acquari. Devo costruire l'acquario piú grande di Delhi.

– E allora?

– Mi può aprire, per favore?

– Non abbiamo bisogno di nessun acquario.

– Posso parlare con la signora Damien?

– Credo che si sbagli.

Mi sto innervosendo.

– Mi può passare la signora Damien, per favore?

– La signora Damien non c'è piú.

– E dov'è?

– È morta.

Non ho sentito. Non ho sentito nulla. Domando di nuovo:

– Mi può passare la signora Damien, per favore?

– È morta. Ma che non ci senti?

– Come morta!? Nel senso che ha smesso di vivere? Che il suo cuore non batte piú? Che è stirata?

– Bravo. Complimenti, ci sei arrivato.

– Mi scusi, ma non è possibile…

Da quando sono partito non me ne va bene una, porca puttana. Dovevo andare a Parigi con Maria, a vedere le sfilate di Chanel.

– E quando è morta?

– Da piú di un anno. La casa è stata ricomprata e ora ci vive altra gente.

– E chi sono?

– Che cazzo te ne frega?

– Me ne frega. Me ne frega. Cafone che non sei altro!

Pure un idiota capirebbe che questa storia puzza piú di un cesso della stazione Termini. O il bastardo mente oppure la lettera è stata scritta da qualcun altro.

– Non è possibile! Ho ricevuto da meno di due settimane una lettera dalla signora Damien. Io me ne stavo tranquillo, a casa mia a Roma, a farmi i cazzi miei e mi ha scritto che dovevo costruire l'acquario piú grande di Delhi. Perché non c'è? Dov'è? Me lo dica, la prego...

– Senti, hai rotto e sono stanco di sentire le cazzate che spari. L'acquario, le lettere. Fila che è meglio! Ora vedrai!

Dietro il cancello una muta di bastardi latranti mi viene contro.

– Figlio di puttana. Io ti stronco con queste mani! – Non ci vedo piú. – Esci! Esci fuori! Esci fuori che ti faccio molto male!

Mi attacco al citofono con tutta la forza che ho. Lo estirpo dal muro a morsi. Lo getto oltre il cancello. L'apparecchio colpisce uno dei botoli rabbiosi che si accascia a terra mugolando.

Me ne vado.

Che devo fare?

Tornare in Italia? Andare di corsa all'ambasciata e farmi rimpatriare con il foglio di via, o restare e svelare l'orrendo mistero che ha stravolto la mia vita?

Quante domande!

E poi mi vorrei lavare, vorrei riprendere un aspetto decente. Mi fanno male i piedi. Mi puzzano le ascelle.

Sto proprio a pezzi.

Arriva la sera e ancora sono indeciso sul da farsi, per fortuna la maggior parte di questi poveri cristi dorme per strada, l'asfalto è il loro materasso e il cielo il loro tetto.

Mi sdraio a lato del marciapiede. E succede un fatto singolare. Vedendomi ridotto in questo stato mi scambiano per un santone. Mi portano da mangiare. Chi un po' di verdura, chi un pezzo di pane, chi lenticchie.

Sono proprio persone a modo questi indiani.

Mi addormento con la pancia piena di legumi e la testa piena di foschi presagi.

Mi sveglio presto e scopro di essere abbracciato a un sacco d'immondizia. L'ho usato come cuscino.

Baaaa! Che schifo!

È bello vedere le famiglie che si danno il buongiorno, i bambini che si stropicciano gli occhi, le mamme che si stiracchiano.

Mi tiro su, mi do una bella lavata con l'acqua di una pozzanghera e sono pronto.

Mi piace camminare per le vie del centro di una città indiana. Le paure di un tempo sono svanite come d'incanto. Mi sento cosí tranquillo. Sarà perché ho perso tutto, perché non ho piú il becco di un quattrino.

Che cosa mi possono togliere ora, forse la vita?

Prendetevela, tanto...

Ho una fame da lupo. Come mi papperei una bella parmigiana di melanzane e un paio di carciofi alla giudia. Divorerei anche i crostini di cinghiale, a questo punto.

Non ho la piú squallida idea di dove mi trovo.
Il dedalo delle stradine si fa sempre piú intricato.

Certo qui in India l'igiene non è il massimo, buste della spazzatura ed escrementi formano un bel
tappeto e camminarci sopra, a piedi nudi, mi fa un
po' impressione.

Le case sono malridotte. Anche le persone che
incontro non sono il ritratto della salute. Mi guardano da dietro le tende delle finestre, dai cortili
bui, dagli angoli dei vicoli. L'ambiente è troppo
oppressivo, forse è il caso che torni sotto il cielo aperto.

Mentre cerco di orientarmi sento un suono
che sembra nascere dalle viscere della terra. Non
capisco da dove proviene, fa vibrare tutte le case e scappare i corvi che banchettano nell'immondizia.

È un suono strano. Continuo, indefinibile e
familiare nello stesso tempo. Sembra musica ma
manca il ritmo. Piú l'ascolto e piú mi sembra bello.

Da dove verrà?

Scruto l'aria in cerca del punto di origine.

Non mi accorgo di un buco per terra e ci cado
dentro.

Volo per parecchi metri nel buio.

Mi schianto a terra.

Svengo.

Mi rianimo quando sento delle bestemmie. Odio
le bestemmie.

Che botto! Mi sono fatto malissimo. Ho inferto
un colpo micidiale alla mia salute. È difficile che
riesca a riprendermi.

– Cosa è successo? Chi mi è caduto in testa? – dice una voce dolorante.

– Non ho idea, un idiota con un pigiama arancione. Mi ha piegato il trombone, – dice un'altra voce.

– A me ha rotto il sitar, – ancora un'altra voce.

– Chi siete? Chi siete? E dove sono finito? – dico io.

Mi guardo intorno. Sono in una fogna. Davanti a me ci sono tre tipi strani che si massaggiano i lividi. Un indiano grande e grosso, una ragazza rossa rossa con la pelle bianca bianca e un giovanotto magro come un'alice, con lunghi capelli biondi.

– Ma che fai? Guardi le nuvole quando cammini? – mi domanda lo spilungone.

– Scusatemi, ma ero preso da una strana melodia, non ho visto il tombino sotto i miei piedi e ci sono caduto dentro.

– Eravamo noi che stavamo provando. E non so se potremo suonare ancora. Ci hai rovinato gli strumenti.

– Mi dispiace. Ma perché suonate qui?

– Siamo la Banda dell'Ascolto Profondo (BAP). Suoniamo sempre sottoterra, di solito nelle fogne, a volte nelle cisterne vuote o nelle caverne. Ci interessa la possibilità di protrarre all'infinito i suoni, perdendo la discrezione delle note a favore di un suono continuo. Suoniamo negli spazi chiusi per sfruttare il riverbero naturale di questi luoghi. In India, poi, le caratteristiche uniche della struttura fognaria ci permettono di arrivare a effetti incredibili. Abbiamo un riverbero di cinquantacinque secondi. Capisci? Possiamo smettere di suonare e le fogne suonano al posto nostro per quasi un minuto. A fartela breve siamo un gruppo d'avanguardia. Ah, comunque, ciao. Io mi chiamo Livia, suono la fisarmonica e sono belga, – dice la ragazza.

Non è niente male. Forse è un po' bianchina ma con la vita da talpa che conduce non potrebbe essere altrimenti. Ha un bel corpo. Gambe lunghe, seni tondi e un sorriso simpatico.

– E io mi chiamo Osvald, suono il trombone e sono tedesco, – dice il ragazzo alto. Ha occhialetti tondi da intellettuale e l'aria timida.

– E per finire ci sono io, – dice il gigante indiano dai capelli lunghi e le spalle larghe. – Mi chiamo Sarwar, vengo da Benares e suono il sitar –. Ha un aspetto mite, nonostante il fisico imponente. Mi piace molto la sua barba.

– E ora tocca a me, mi chiamo Marco Donati, mi occupo di pesci. Vengo da Roma, – dico io ancora steso a terra.

– Ma ti sei fatto male? – domanda Livia.

– Un pochino. Ecco...

Allora prende una valigetta del pronto soccorso e tira fuori una boccetta piena di liquido verde.

Ne bevo un po' e mi sento molto meglio.

Dopo esserci presentati, vedendomi cosí male in arnese mi chiedono cosa mi è successo. Gli racconto tutto: il sequestro, l'incidente, la morte della signora Damien.

Sono dispiaciuti. Vabbe', gli dico, sono cose che succedono.

– Senti, visto che finora non te n'è andata bene una, forse ti farebbe piacere riposarti un po', mangiare un boccone?

– Sarebbe il massimo.

– Allora vieni da noi.

Accetto subito.

Ci avviamo verso casa. Mi raccontano che si sono conosciuti in India un anno fa. Hanno formato la banda e hanno affittato una casa insieme. Stanno raggranellando i soldi per produrre il primo disco.

L'appartamento si trova nella città vecchia. È all'ultimo piano di un palazzo decrepito. Dalle finestre si vede il mare dei tetti e delle terrazze piene di panni colorati stesi ad asciugare. Anche loro hanno una terrazza, coperta da una pagliarella. Ci sediamo all'ombra. Ci beviamo un tè freddo al bergamotto.

Come si sta bene, ragazzi.

Mi faccio una doccia. Mangio un panino con il caciocavallo e la finocchiona e mi addormento mentre alla tele trasmettono un film con Aldo Maccione.

Finché mi ospitano, resto.

Lo so, l'ospite è come il pesce, dopo qualche giorno puzza.

Sembrano però felici della mia presenza.

E poi io non rompo. Me ne sto tranquillo, dormo, tanto non c'è molto da fare e fa troppo caldo per muoversi.

Nonostante questo ieri sono andato all'aeroporto, la mia valigia era finita nel deposito oggetti smarriti, c'erano un po' di soldi dentro, non molti, ma meglio di niente. E qua la vita non costa cara. Mi sono comprato dei vestiti. Ah, i capelli mi stanno ricrescendo, questo taglio spartano mi dà un'aria da duro, non è male.

Stasera vorrei invitare Livia a cena fuori. Non credo sia fidanzata. Non dovrei far torto a nessuno se la invito.

Credo di piacerle un po'. Occhei, voi starete già dicendo che sono il solito montato, il solito latin lover all'estero, ma secondo me è cosí. Lo sento.

È veramente molto carina, e mi piace chiacchierarci, specialmente di notte quando Sarwar e Osvald compongono i nuovi pezzi.

Stiamo stesi sui cuscini del terrazzo, parliamo del piú e del meno e guardiamo i pipistrelli che rincorrono zanzare e coleotteri.

L'altra sera si è addormentata e mentre dormiva mi ha preso la mano. Sono rimasto cosí, un sacco di tempo. Avevo paura a toglierla, non volevo svegliarla.

Mi piace vivere con la BAP.

Avete visto?

Non dicevo cazzate. Livia ha accettato il mio invito.

E ora stiamo per uscire.

Osvald mi domanda dove andiamo a mangiare.

– Ho visto un ristorante cinese non lontano da qui, ha i tavolini all'aperto, vicino una fontana piena di anguille tropicali.

– Da Huang-Cing?

– Boh, il nome preciso non lo ricordo.

– Ho capito! Ho capito! Piú tardi vi raggiungiamo, quando abbiamo finito di provare.

– Occhei, siamo là.

Usciamo. Il sole tramonta, rosso, dietro le nuvole. Per strada la gente è seduta su cassette di

legno e bidoni intorno a carri dove vecchi incur-
vati cucinano uova e latte. La strada è illuminata
dai fuochi blu dei fornelli, l'odore della benzina si
spande nell'aria.

Livia ha messo il braccio intorno al mio.

Arriviamo al ristorante. Ci sediamo proprio accanto alla vasca e le anguille colorate arrivano a razzo, affamate come cani. Lancio loro un po' di pane.

– Da quanto suoni? – le domando.

– Da quando avevo cinque anni. Mia madre dava
lezioni di pianoforte a casa. Vivevo in un paesino
di campagna. Poi sono andata a Bruxelles, all'ac-
cademia, lí ho imparato a suonare la fisarmonica.
Sette anni fa sono arrivata in India. Ho studiato la
musica indiana al conservatorio di Benares. È lí che
ho conosciuto Sarwar, anche lui era uno studente.

Mentre parla si mette a posto i capelli.

Mamma mia quanto è carina.

– E tu, non suoni? – mi chiede.

– Be', per la verità ho imparato a suonare uno
strumento, grazie alle dispense settimanali che ven-
dono in edicola. Lo suonavo quando stavo al negozio e non avevo nient'altro da fare.

– Che strumento è?

– Il didgeridoo.

Per chi non lo sapesse il didgeridoo è lo strumento degli aborigeni australiani, funziona in parte come tromba in parte come megafono. Consiste
in un ramo di eucalipto lungo un metro e mezzo, e
largo una decina di centimetri, scavato all'interno
dalle termiti. La vibrazione delle labbra genera,
come nella tromba, il suono fondamentale a cui si
sovrappone l'emissione di vocalizzi dentro il tu-

bo; modificando la conformazione del cavo orale, il suonatore seleziona i parziali superiori dei suoni prodotti con la bocca, provocando cosí una temporanea variabilità nell'altezza e nel timbro dei suoni stessi.

– Fantastico! Abbiamo finalmente trovato il quarto componente della Banda dell'Ascolto Profondo, – dice eccitata. – Ma lo sai suonare con la tecnica della respirazione circolare?

Per chi non sapesse neanche questo, la tecnica della respirazione circolare permette di riprendere fiato senza dover sospendere l'emissione di aria, e questo dà la possibilità di mantenere un suono continuo.

– Ma certo! Sono un virtuoso del didgeridoo.

Alle volte mi stupisco di quanto sono modesto.

– Pensa quando lo sapranno gli altri... – e gli occhi le sorridono. Sono contento anch'io ma non sono troppo sicuro di essere al livello dei miei compagni.

Mangiamo. Io una zuppa agro piccante, Livia una zuppa di anguilla. Che siano le stesse che sguazzano nel fontanile?

Beviamo un liquore alla tapioca. Mi cadono i freni inibitori e prendo la mano di Livia e la stringo.

Vorrei farle la dichiarazione ma un groppo grosso come una pallina da tennis mi si è formato in gola per l'imbarazzo.

E se mi dice che non le piaccio? Che figura di merda. Pensate se le dicessi:

«Livia, ecco, tu mi piaci da morire... Vorrei fidanzarmi con te».

E lei mi rispondesse: «E io no».

Potrei morire.

Arrivano gli altri, per fortuna.

Livia gli racconta subito del didgeridoo. Sono entusiasti.

– Troviamo subito un didgeridoo e andiamo a suonare, – dice Sarwar.

– Lo costruirò io, con la grondaia del nostro terrazzo. Ma prima beviamoci un amaro Montenegro, – dice Osvald afferrandomi una mano.

Passiamo per casa, stacchiamo il tubo della grondaia e usciamo di nuovo con gli strumenti. Io con il mio tubo sulle spalle.

Andiamo a zonzo, è difficile raccapezzarsi in questo labirinto indiano.

Alla fine troviamo un tombino. Lo apriamo e ci caliamo giú.

Tutti trovano un posto dove sedersi. Non si vede un tubo, nemmeno il mio.

Accendiamo una candela e i topi se la danno a gambe.

Appoggio il tubo sulle ginocchia e do fiato alle trombe. All'inizio il suono è un po' stitico. Tossisco. Mi fanno male i polmoni. Gli altri ascoltano silenziosi. Poi piano piano il suono prende corpo. I gorgheggi prodotti dalle vibrazioni delle mie guance riempiono le fogne di Delhi. Prima Osvald, poi Sarwar e infine Livia si uniscono creando un impasto omogeneo.

Che musica celestiale!

Ci do dentro, Osvald non è da meno, botta e risposta, Sarwar tiene il ritmo e Livia improvvisa una strana melodia, molto triste. Mollo il didgeridoo e comincio a cantare una canzone croata imparata alle scuole medie. Rimbalzando contro le pareti, la voce assume nuove tonalità e si confonde con gli strumenti.

Continuiamo al buio, rischiarati solo dalla candela e dai raggi di una luna, grande come tutto il cielo, che si infila dentro il tombino.

A casa, Osvald e Sarwar sembrano due zombie, crollano sul letto senza neanche spogliarsi. Livia e io andiamo sul terrazzo, a guardare la notte che dà spazio al giorno.

C'è un gran silenzio. Livia mi si avvicina, ha freddo.

Io lo faccio. Chi se ne frega. Si vive una volta sola.

Le do un bacio sulla bocca.

Livia mi stringe forte. Un brivido mi attraversa la schiena.

La spoglio. Le levo la gonna, le sfilo la maglietta, le apro il reggipetto. Le poggio le mani sui seni. Sono grandi come due provoloni. E che bella pelle ha. Bianchissima.

Mi spoglia e mi accarezza e mi sale sopra. Mentre facciamo l'amore continuo a baciarla.

Le parole si confondono con i baci. – Ti voglio, non smettere mai.

Ci addormentiamo cosí, ancora uno nell'altro, quando ormai il sole ha preso il suo posto nel cielo.

Abbiamo continuato a provare.

Comincio a capire a cosa punta la BAP.

Dev'essere un suono nuovo, prodotto un po' da noi un po' dall'ambiente.

Mi piace far parte di un gruppo musicale. L'intesa che si instaura durante l'esecuzione continua anche quando smettiamo.

Il regista è Osvald, che prepara le basi su cui noi poi improvvisiamo.

Ho migliorato il mio didgeridoo, gli ho aggiunto un bocchino dove poter appoggiare le labbra.

Suonare non mi fa molto bene in verità. Finisco stremato ma cerco di non farlo vedere agli altri.

Con Livia va alla grande.

Stiamo sempre insieme, mi porta in giro per la città a fare il turista. Abbiamo comprato un grosso triciclo a motore, costruito con pezzi ricavati da tante motociclette. È un po' rumoroso. È il mezzo ufficiale del gruppo. Siamo andati in giro a cercare altri posti buoni per la nostra musica.

Ieri provavamo in un grosso buco, molto profondo. Era buio e sinistro e comunicava con un canale di tracimazione che si univa direttamente alla cloaca centrale della città. Avevamo appena cominciato a provare un adagio barocco quando è successo l'irreparabile.

Prima è salito il livello dello scolo, poi un rumore cupo ha riempito l'ambiente, crescendo piano piano.

Osvald lo trovava estremamente melodioso. Ha deciso di inciderlo. Io lo dicevo che quel BBBBH-HHHHEEEERRRRREHHRRRR non mi convinceva per niente e continuavo a insistere che secondo me era il caso di risalire.

Osvald mi ha detto di stare zitto, e mentre posizionava i microfoni, a un tratto, dal canale è uscito un rigurgito denso e pestilenziale.

Tonnellate di merda sciolta e immondizia si sono riversate su di noi, seppellendoci.

In apnea sono risalito in alto. Con poche brac-
ciate sono giunto in superficie. Sarwar, con il sitar in mano, è sbucato poco dopo seguito da Livia.
Abbiamo aspettato un po' ma Osvald non riemer-
geva dalla merda. Livia ha cominciato a piangere e
mi ha detto che Osvald non sapeva nuotare e che
aveva sempre vissuto nella Foresta nera.

Ho preso aria, iperventilando, e con un tuffo
carpiato mi sono incuneato negli escrementi. La vi-
sibilità era ridotta, per non dire nulla. Sono giunto
sul fondo e ho provato a cercare.

Niente, non riuscivo a orientarmi, il tanfo era
cosí forte che ho cominciato a provare l'ebbrezza
da profondità.

Avevo le allucinazioni.

Credevo di essere uno dei Bee Gees, non so se
avete presente quello piccoletto e stempiato, e ho
cominciato a cantare *Tragedy* in falsetto.

Per fortuna mi sono ripreso. Sono sceso ancora. Ormai mi mancava l'aria. Sul fondo ho trovato
Osvald svenuto, attorcigliato ai cavi del microfono.
L'ho liberato e l'ho afferrato per il collo tentando
di risalire in superficie.

Mentre riemergevo ho avuto altre allucinazioni. Credevo di essere Faccia di Cocker, il mio
lottatore di wrestling preferito. Ho eseguito su
Osvald prima una frusta svedese poi il laccio californiano. Finalmente mi sono riavuto e siamo
emersi. Livia gli ha fatto la respirazione bocca a
bocca e alla fine i polmoni di Osvald hanno ripreso a gonfiarsi.

Ero stremato. Il mio livello di salute era sceso di almeno un paio di tacche, ma ho subito recuperato mangiandomi un paio di panini con il ciauscolo e le sottilette.

Intorno a noi si è radunata una folla di curiosi che ci ha aiutato in quegli attimi di tensione.

– È colpa loro! È colpa loro! – dicevano agitando le braccia sopra la testa.

– Di chi? Di chi? – chiedevamo noi gesticolando.

– Il Gruppo Spurgo Fogne Appilate (GSFA), – ripetevano in coro.

Sono cinque, ci hanno spiegato, e vengono dalla Sardegna, da Nuoro per la precisione. Il loro capo si chiama Cubbeddu.

Sono disposti a tutto per sbloccare tubi intasati, cloache allagate, canaletti crollati. Sono professionisti della gora. Dove c'è un intoppo loro intervengono. Deviano il corso degli escrementi in un altro degli infiniti canali che formano la ragnatela fognaria di Delhi. Gli escrementi sono il loro pane quotidiano.

Non sapete quanto vorrei incontrarli. Gli spiegherei di stare piú attenti.

Non sono gli unici che lavorano nelle fogne.

Sono emozionatissimo.

Domani abbiamo il primo concerto in pubblico.

Suoniamo nel vecchio palazzo di un maragià per il compleanno di Mila, la figlia di Wall Oberton, uno dei piú potenti industriali indiani. Uno dei pochi stranieri che è riuscito a fare soldi in questo Paese. Arrivato dall'Oregon negli anni Settanta ha cominciato come produttore di colossal porno con

migliaia di comparse, cammelli ed elefanti. Poi è
passato nel campo della sanità. È diventato miliar-
dario costruendo ospedali privati in tutta l'India.
Credo si tratti di case di cura per turisti ricchi. Li
fanno dimagrire chiudendoli in celle e riempien-
doli di cazzate new age.

La costruzione di questo impero è stata possibile
grazie alla collaborazione di un chirurgo del Turkmenistan, una regione compresa tra l'Afghanistan e la
Persia. È un losco individuo, pronto a tutto. È lui
che ha posto le basi filosofiche e ideologiche su cui si
fonda tutta l'organizzazione.

Lo chiamano Djivan Subotnik.

È stato piú volte incriminato per violenza su
vacche sacre e per abusi sessuali su animali morti,
reato molto grave in India. Ogni volta Oberton ha
corrotto le autorità e rimesso in libertà il chirurgo.

Voi vi chiederete perché suoniamo per tipi del
genere. Perché ci pagano.

Gli scrupoli, si sa, non aiutano a vivere meglio.
Non siamo nella condizione di poter rifiutare. Siamo in debito con il droghiere, con il calzolaio e per
ultimo, non per importanza, con il padrone di casa.

È arrivato finalmente il momento.

Mettiamo gli strumenti sul triciclo. Abbiamo
affittato degli smoking acrilici al cento per cento.
Già comincio a sudare. Livia si è messa un abito
lungo con le paillette blu, è bellissima.

Il palazzo è rischiarato da torce. Anche la fontana che corre dal palazzo fino al cancello è illuminata da fiaccole. Davanti alle mura sono posteggiate
macchine lunghe e scure.

Sono state invitate molte persone importanti: il sindaco, un paio di ministri, i diplomatici stranieri, il re delle camerette per ragazzi e altre persone di spicco.

Entriamo nel salotto.

Sono nervoso e anche i miei compagni lo sono. Mi imbarazza un po' attraversare una sala cosí vasta, con tante persone eleganti sedute che ti applaudono, con un tubo di grondaia in mano. Gli altri almeno hanno strumenti normali.

Al centro della sala c'è un pozzo chiuso da una grata. Quattro bestioni la sollevano. Deve essere molto pesante e antica. Il buco sembra pieno di inchiostro nero, tanto è buio. Ci caliamo.

Il pubblico trattiene il respiro. È molto profondo, qui. La grata si richiude sopra le nostre teste. Tocchiamo la base del pozzo, ancora umida. L'apertura è solo un quadratino luminoso lontano sopra le nostre teste.

Meno male che non soffro di claustrofobia.

Attacchiamo con una litania nepalese. La musica rimbomba sulle pareti circolari e sale lungo il pozzo e giunge nel salone. È un pezzo molto lungo, comincia lento e poi prende vigore per esplodere alla fine in un ritmo percussivo.

Il secondo pezzo è minimalista, alla Philip Glass per intenderci, molto semplice nel suo sviluppo. Concludiamo improvvisando un pezzo modale alla maniera iraniana.

Quando abbiamo finito, non sappiamo se siamo piaciuti o no. Questo è l'unico inconveniente.

Ma uno si affaccia e ci urla:

– Bis, bis. Vogliono il bis.

Meno male, è piaciuto. Tiriamo un sospiro di sollievo. Sarwar mi molla una pacca sulla spalla.

Interpretiamo un pezzo di Thelonious Monk non troppo lungo. I bis non sono mai troppo lunghi.

E finalmente ci tirano su.

Quando torniamo nella sala ci dobbiamo proteggere gli occhi. Gli applausi scrosciano. Ci inchiniamo e ringraziamo.

Arriva Wall Oberton con un mazzo di fiori per Livia. La bacia.

L'industriale ha un fisico slanciato e le spalle larghe, i capelli grigi all'indietro, impomatati e occhi come fessure senza colore. Indossa uno smoking bianco, farfalla rossa e fascia di broccato. Elegantissimo. Ci stringe a tutti la mano con vigore. Ci invita a partecipare alla cena.

Usciamo nel giardino, dove sono allineate delle tavole imbandite. Gli invitati mangiano parecchio e parlano con la bocca piena. Ma, si sa, le feste mondane sono così.

Per non essere da meno degli altri, mi getto tra la folla che si accalca sul buffet, mi insinuo e sono primo tra i primi. Acchiappo un po' a destra e un po' a sinistra.

Mozzarelline con la panna, piselli con il curry, lenticchie, barbabietole, ravioli al vapore, pollo masala. Un paio di panini con funghi e bottarga. Un bicchiere di prosecco.

Mi aggiro per la terrazza con il piatto, il bicchiere e i panini.

Quando sto per addentarne uno alla bottarga sento una voce che mi chiama.

È una giovane indiana. Ed è sicuramente il miglior materiale da infatuazione che abbia mai visto.

È alta, slanciata. Il viso è un ovale perfetto. Le labbra colore delle prugne mature, gonfie. Il naso minuto e all'insú, le narici piccole e rotonde. Gli occhi grandi con le pupille di carbone.

Tette e culo serissimi. I capelli sono lunghi e spessi, adagiati sulle spalle piene di fasce muscolari. Le mani magre e sottili, le unghie laccate. I denti quasi troppo bianchi. Immagino la lingua carnosa, il rosso della gola.

È stata nutrita e coccolata. Curata nel migliore dei modi. Alimentata con i cibi piú scelti. È stata amata e viziata. Non le è mancato nulla. La natura ha fatto il resto.

Si è sviluppata piano piano, forse all'inizio la bellezza era nascosta dalle forme disarmoniche di bambina. Adolescente, aveva le gambe troppo lunghe, il corpo asciutto e sproporzionato, le dita nervose. Ma tutto ha funzionato nel migliore dei modi. I meccanismi ormonali al momento giusto hanno ridistribuito la carne, armonizzato le parti, aggiunto grasso dove era necessario e si sono liberati delle forme infantili. I tessuti hanno risposto ai messaggeri chimici modificandosi. Il seno appena accennato ha preso consistenza. I capezzoli si sono svegliati dal sonno dell'infanzia. Il ventre liscio si è irrobustito. I fianchi si sono arrotondati lasciando però la vita piccola e sottile.

Una metamorfosi drammatica, come quella di un girino. Ora è una farfalla uscita dal bozzolo.

È infilata dentro un vestito strettissimo di pelle di serpente.

– Scusi, non ho capito che ha detto, – balbetto.

– Volevo solo complimentarmi, siete molto bravi. Alla fine ero emozionata, – dice con una voce rauca e profonda, quasi maschile, che mi sorprende un po'.

– Grazie, non eravamo sicuri... che questo genere di musica sarebbe potuto piacere... Certo, se fosse possibile... Mi piacerebbe... Bottarga... Didgeridoo, insomma la vita è...

Le parole mi escono cosí, come da una fontana, senza che possa farci niente. Dio, ti prego aiutami a dire cose sensate e intelligenti.

– Come mai si trova qui in India? Una gita di piacere, o per fare concerti?

– Sí, anzi no. Non lo so.

– Amo molto la musica d'avanguardia. Qui in India si sta sviluppando una nuova corrente musicale che si ispira al massimalismo di John Adams, per fonderlo con la cultura indiana. Senza dimenticare gli insegnamenti di John Cage, le sue dissonanze. Questi musicisti danno poi molto spazio all'improvvisazione attraverso l'uso del raga.

Ma che dice? Non riesco a seguirla. Continuo a ondeggiare la testa annuendo e sorridendo.

– Non crede che sia possibile una fusione tra la musica atonale americana e la tradizione indiana? Si ricordi le esperienze di Terry Riley.

– Si... si... sicuramente, credo anzi... Forse in Italia... Garbo, Pupo, non dimentichiamoci Gazebo e Fausto Papetti.

Continua il black-out tra organo della fonazione e sistema nervoso.

L'indiana mi guarda fisso fisso. Sto sudando, lo smoking mi si appiccica addosso come una muta subacquea.

– Mi piacerebbe sentirla suonare ancora... Potrei chiamarla? Le farebbe piacere?

Rimango incantato dalle labbra socchiuse, dal movimento impercettibile della lingua contro il palato.

– Sí, mi piacerebbe tantissimo, – riesco a dire.

– Bene, ora devo andare, mi devo occupare degli invitati, altrimenti mio padre mi strozza. Allora, a presto...

Mi guarda un attimo ancora, mi sorride appena e se ne va.

Mi maledico. Non sono riuscito a mettere due parole insieme che avessero un senso. La sua bellezza mi ha intimorito. Un disastro! Forse mi ha visto prima del concerto e devo esserle piaciuto. Ora, dopo aver parlato con me, deve avermi trovato un decerebrato.

Ho bisogno di bere.

Trovo Sarwar che si spalma del pâté di fagiano su una tartina.

È molto contento, ha un sorriso che va da un orecchio all'altro, da tempo non si imbottiva in questo modo.

Parlo del piú e del meno e poi come se niente fosse gli chiedo:

– La conosci quella ragazza? – indicandogliela.

Sta seduta insieme a parecchi fusti e ride.

– Certo che la conosco. Tutti la conoscono, – dice. – È la figlia del nostro mecenate. È lei la festeggiata. Oggi compie sedici anni. È bella vero?

– Non è bella, è una dea. Com'è che la conosci?

– Non è che la conosco di persona, ma a Delhi è un personaggio famoso per molte ragioni. Innanzitutto è la figlia di Wall Oberton e della cantante indiana Kalyani Roy, che è stata una delle donne piú affascinanti dell'India. Sembra che Oberton, folle per essere stato respinto, la abbia violentata in un camerino dell'Opéra di Parigi dopo un concerto. Da questo stupro è nata Mila. I genitori di Kaliani, dopo essere venuti a conoscenza del misfatto, per non disonorare il nome della famiglia sono stati costretti a dargliela in moglie. Mila crescendo sembra aver preso a modello piú il padre che la madre. Fa la modella, lavora anche in America. È sempre sulle pagine delle riviste scandalistiche per i suoi flirt con attori e attrici famosi. Ha fatto un servizio anche per «Playboy» tutta nuda.

– Non sai in che numero? – gli chiedo interessato. – Forse potrei ordinare l'arretrato.

– Ora si dice che abbia una storia con l'infame Subotnik.

– E dov'è 'sto orrendo Subotnik?

– Mah... non lo so. Non si fa mai vedere in pubblico. Vive in un castello sulle montagne.

Continuo a pensare a lei mentre addento una fetta di pizza con funghi e spinaci. Mi ha veramente impressionato.

Arriva Livia di cui, per un attimo, mi ero completamente dimenticato e mi chiede di ballare.

Mi scateno.

Prima improvviso dei passi di mia invenzione sulla *Bamba* e poi, dopo aver buttato giú due bicchieri di vodka, azzardo un paio di spaccate mentre lo stereo spara a palla *Self Control* di Raf.

Alla fine sono uno straccio. Esco fuori aggrappandomi a Livia. Non riesco a respirare, ho come degli aghi che mi bucano i polmoni. Mi sdraio su una panchina, Livia mi slaccia il papillon e piano piano riprendo fiato.

È una bella serata e fa caldo. Una brezza appiccicosa smuove appena gli alberi.

Accarezzo Livia e pomiciamo un po'.

– Ce ne vogliamo andare a casa? – mi domanda.

– E andiamoci.

Salutiamo Sarwar e Osvald che tentano di rimorchiarsi due danesi.

Torniamo a casa a piedi, mano nella mano. A un tratto Livia mi chiede:

– Che voleva quella donna da te?

Ahia! Mi ha visto.

– Quale donna? – dico, cadendo dalle nuvole.

– Mila Oberton. Di che parlavate?

– Si complimentava con noi per il concerto. Le è piaciuto.

– Sí, sí, vabbe', vorrai dire che le sei piaciuto tu?

– No, è un'esperta di musica d'avanguardia. È rimasta impressionata dalle mie capacità musicali. Abbiamo parlato solo di musica –. Si ferma.

– Quella la devi lasciare perdere? Hai capito? Non è genere tuo. Quella ti mangia a colazione, – dice con una voce molto seria.

– Perché? Che ha?

– Raccontano cose brutte sul suo conto. Ha una storia con l'orrendo Subotnik, un uomo depravato e senza scrupoli.

– Ma com'è possibile? Una ragazza cosí… – dico io. – Ha un aspetto cosí intellettuale.

– Marco, ascoltami, io vivo qui da molti anni ormai, e conosco i tipi come lei. Quella è gente che ha fatto la propria ricchezza sulla pelle dei piú deboli. In India è molto facile per chi ha i mezzi compiere delle ingiustizie terribili. Sembrano distinti ma, se guardi meglio, vedrai che è gente senza scrupoli, pronta a tutto. Con i soldi guadagnati illegalmente hanno soddisfatto desideri morbosi, sadici. Quella che tu hai visto è solo una maschera.

– Non ti preoccupare, – le dico, stringendola. – Le donne ricche e perverse non mi fanno né caldo né freddo.

La bacio a lungo, con la tecnica del risucchio. Il rumore che produco aspirando l'aria attraverso la trachea la eccita moltissimo. Corriamo a casa ancora per mano.

Facciamo tutte cose.

Ho l'impressione che qualcuno mi stia pedinando.

Sono andato a fare la spesa al mercato e sto tornando a casa con buste piene di fiori di zucca, pancetta e bucatini.

Aumento il passo e cerco di non guardarmi indietro.

Svolto per un vicoletto e comincio a correre. Mi intrufolo in una mandria di vacche che sgranocchiano vecchi giornali. Mi faccio spazio menando pugni e calci. Si spostano appena.

Mi nascondo dietro la groppa di una vacca, altre mi riparano ai lati. Dall'angolo del vicolo spun-

ta un gruppetto di quattro arancioni, tre uomini
e una donna.

– Cretini, ve lo siete fatti scappare, – dice la
donna.

– Non deve essere andato lontano, da qui non
fugge, – dice un altro.

– Si sarà infilato in una di queste case, dividiamoci, – fa un'altra voce.

Sento i loro passi vicini, mi rannicchio e poggio
la testa sulla panciona della vacca. Mi superano.

Una vacca con una macchia nera sulla testa ha
preso a mangiare i fiori di zucca. Ha tutto il muso
dentro la busta. Mi mastica nell'orecchio contenta.
Provo a fermarla. Questa è la nostra cena, i fiori
di zucca fritti con la pastella e le alici. Non molla.
Allora le do un cazzotto sul naso umido e appicci-
coso. Comincia a muggire.

– Stai zitta! Zitta! Ti prego, mucca. Non fare
cosí. Scusami, mi dispiace.

L'accarezzo. Niente. Alla fine disperato provo
a soffocarla con un sacchetto di plastica. Ma continua a muggire, come se la stessi scannando.

La donna in lontananza si ferma sentendo i mug-
giti e chiede:

– Che succede a quella mucca? Andate a vedere, di corsa!

Vacca boia, mi hai fatto scoprire.

Mi alzo e mi metto a correre con in mano la busta della pancetta e dei bucatini. Esco dal vicolo e
mi infilo nel flusso dei passanti. Ne butto giú un
paio. Corro cercando di farmi spazio tra animali,
carrozzelle, bambini, carretti di frutta e verdura.
Li ho alle calcagna.

Urlo: – Pista, pista. Largo!

Ma nessuno mi ascolta, anzi la folla si infittisce. Sono giunto nel quartiere degli artigiani, il posto piú micidiale di tutta Delhi. Non esci vivo di qua se non ti compri almeno una statua in alabastro di Ganesh, una conchiglia di pelle con dipinto il lungomare di Bombay, una sedia di bambú e ferro battuto.

È la fine.

Mi si avvicina un giovanotto in perizoma con una brocca di rame intarsiata. Si mette a corrermi a lato, cercando di infilarmi la brocca nella busta con la pancetta.

– Costa poco signore, la prenda. Solo seicento rupie. Signore, signore, signore. È bellissima. Solo cinquecento rupie.

– Non mi piace. È orrenda e sei un ladro, e poi non lo vedi che sto scappando? – sussurro con l'ultimo fiato che mi rimane.

– Ma è un affare.

Mi giro, a pochi metri vedo gli inseguitori. Continuo a pedalare. Il giovanotto infila finalmente la brocca nella busta della pancetta. Mi spazientisco e con tutta la forza che ho gliela mollo sul grugno. Rovina a terra e viene calpestato dagli aranciони.

Mulinello nell'aria il micidiale strumento e affondo prima un venditore di datteri che mi si è parato davanti poi un trafficante di incensi rari e spezie profumate. Mi manca l'aria ma in uno sforzo disperato salto un carretto di fagioli e lenticchie. Mi giro e gli arancioni mi stanno ancora attaccati dietro. Un commerciante di tappeti mi lancia addosso un kilim made in Taiwan urlando:

– Affare, affare, costa poco signore, solo tre-
mila rupie.

Non vedo piú niente e precipito su un banchetto
di fichi. Riesco a liberarmi dal tappeto e uno degli
arancioni mi si getta addosso. Gli mollo una crocca sul naso, si piega urlando. Mi alzo mentre un
vecchietto, probabilmente il gestore del banco, mi
martella la testa con un bastone. Lo abbatto con
un destro sul plesso solare. Riprendo la corsa e mi
infilo in una stradina. Dei quattro che mi insegui-
vano ne sono rimasti solo due.

Scavalcando bambini che si affollano davanti alla vetrina di una pasticceria siciliana piena di cas-
sate mi getto sotto un'arcata e da lí, giú per delle
scale coperte di immondizia, arrivo in una discari-
rica comunale.

Corvi e gabbiani a migliaia offuscano il cielo,
maiali scuri grufolano in mezzo ai mucchi di spazzatura. La puzza è terribile.

E quelli non mollano, mi stanno sempre dietro.

Mi fermo, non ce la faccio proprio piú. Voglio
morire, facciano di me quello che gli pare.

Anche loro si fermano, spossati.

– Che volete da me? Che cosa vi ho fatto? Eh?!

– Non vogliamo farti niente! Siamo qua per
aiutarti. Consegnati a noi, – dice il piú piccolo dei
due, mentre l'altro tira fuori da una sacchetta una
siringa piena di un liquido blu.

– Mai! Combatterò fino alla morte, venite a
prendermi se avete coraggio! – dico.

Hanno coraggio e si avvicinano.

Velocemente tiro fuori la pancetta dalla busta e
me la sistemo sotto i piedi a mo' di suola. Essen-

do molto appiccicosa si incolla perfettamente, altre due fette le piazzo sulle palme delle mani.

Gli arancioni sono turbati dal mio comportamento anomalo. Mi giro e con un balzo monto su una scrofa di almeno centoventi chili. È gigantesca e ha una doppia fila di tette che le arrivano a terra. Si imbizzarrisce e incomincia a saltare di qua e di là. Non ho paura e grazie alle ventose di pancetta mi saldo ai suoi fianchi. Grugnisce e sputa e comincia a correre tra le colline di rifiuti con me sopra che la cavalco abilmente.

Gli arancioni provano a inseguirmi ma non c'è niente da fare. La scrofa testarda tenta di disarcionarmi correndo piú veloce nel mare di spazzatura. Non si rende conto che è una cosa impossibile, ho visto alla tele talmente tanti programmi sul rodeo che ho appreso i rudimenti di questo difficile e rude sport.

Ci allontaniamo e seminiamo gli infami.

Figuriamoci se Mila Oberton ha chiamato.
È un classico.
Dev'essere cotta dell'orrendo Subotnik.
Agli altri non ho raccontato nulla dell'inseguimento nella discarica, non li vorrei spaventare. Questi arancioni del cazzo ce l'hanno proprio con me.
Ma che vogliono? Voi lo sapete? Io no.
Mi arrovello ma niente da fare. Non riesco a capire. Non mi vogliono uccidere, questo è certo. Non mi hanno mai sparato.
La siringa doveva contenere narcotico.

Ieri abbiamo suonato in un lebbrosario, dentro una cappella scavata all'interno dell'edificio.

I lebbrosi hanno dato segno di apprezzare molto la nostra musica ma avevano difficoltà ad applaudire a causa delle estremità mangiate dalla malattia. La maggior parte preferiva sbattere la testa contro il muro per dimostrarci di aver gradito l'esibizione.

Non ho suonato molto bene, ero preoccupato della possibilità di prendermi la malattia, anche se il missionario che li curava ci ha spiegato che avevano la lebbra secca, quella che non si attacca. Alla fine ci hanno invitato a vedere al videoregistratore *L'impero dei sensi colpisce ancora*. Durante la visione abbiamo mangiato brodo di pollo con le stelline.

L'altra notte faceva un caldo terribile e non riuscivo a dormire. Livia si agitava nel sonno per l'afa.

La testa, in quel silenzio interrotto solo dal monotono richiamo di una upupa dalla chioma rossa e di un facocero dalla coda nera, andava un po' là un po' qua. Correva tra l'India e l'Italia senza tregua. Tornavo agli ultimi momenti passati a Roma. Ho ripensato a Maria, alle balle che sparavo.

Ho sentito il desiderio di spiegarle quello che mi succedeva in quei terribili mesi passati insieme. Mi sono alzato e sono andato sul terrazzo. Ho preso carta e penna, ho acceso una candela e le ho scritto una lettera. Vi leggo la brutta copia.

Cara Maria,
L'India è bellissima e finalmente posso dire di essere uscito da quel buco pieno d'acqua e di pesci che mi stava inghiottendo.

*Non ti ho detto una cosa. Prima di partire ho sa-
puto che mi resta poco tempo da vivere. Sono malato
di cancro.*

Non te l'ho mai detto per molte ragioni.

*La più importante è sicuramente che ero così atter-
rito dalla malattia che il solo parlarne mi avrebbe messo in un panico completo. Ho scelto, seguendo questa
via, di non curarmi, di lasciarmi consumare dal morbo.
Sentivo che la mia vita era indirizzata, sin dall'inizio,
verso una fine solitaria e dolorosa.*

*Mi sentivo un eroe casalingo, un viaggiatore do-
mestico, un simbolo della rassegnazione alla sof-
ferenza.*

*Aveva un senso, forse orrendo, ma conseguente al-
le mie aspettative.*

*Sapevo che non dovevo parlarne con nessuno perché
chiunque mi avrebbe spinto a combattere, a usare le
armi della medicina contro il micidiale nemico. Mia
madre, l'unica che sapeva, ha tentato di aiutarmi, a
modo suo, ma con scarsi risultati.*

*Ero cosciente che non dovevo parlarne soprattutto
con te, avresti sofferto, ti saresti rivoltata con tutte le
tue forze contro la mia decisione. Non avresti potuto agire altrimenti, tu che sei così proiettata verso un
futuro positivo. La cosa che mi turbava è che nonostante sapessi tutto questo ti ho cercata, ho provato
anche nei momenti di dolore più acuto a succhiare la
voglia di vivere che scorreva in te.*

*Mi dispiace, so di averti ingannata. Ti ho inganna-
ta facendoti credere che mi piacevi. So che rimarrai
male leggendo queste righe, ma forse finalmente ca-
pirai di me cose che prima ti sembravano misteriose.
Comunque sappi che sono felice di essermi liberato*

*dalle catene che mi inchiodavano alle oscure paure
della mia vita romana.*

L'India è bellissima. Ho cominciato a vivere.

Mi raccomando stai bene,

Marco

P. S. Non sai come si mangia qui!

La bella copia invece l'ho chiusa in una busta e
l'ho spedita.

Torniamo in corriera da un cimitero costruito
negli anni Settanta dai Thugs fuori Delhi.

Abbiamo suonato mentre i fanatici sacrificava-
no agnellini, topi, rospi, canarini, cincillà, tarta-
rughine e li offrivano alla dea Kalí cantando una
lunga litania.

Osvald ha registrato le grida degli animali sgoz-
zati, le voci dei Thugs e la nostra musica. Vuole
farne un remix ballabile.

Scendiamo dall'autobus e torniamo a piedi attraverso le vie del centro. Ci fermiamo a guardare i negozi.

– Perché non ci andiamo a bere una cosa da qualche parte? In fondo ce la meritiamo, oggi abbiamo
lavorato duro, – dice Sarwar.

– Ragazzi, offro io. Vi porto al *Samarcanda
Café*, – dico in un attacco di generosità.

– Ma sei pazzo?! Quello è un bar esclusivo. Costa troppo, – dice Osvald.

– E che cazzo. Per una volta…

Entriamo. È un vecchio bar con il soffitto a cu-
pola e le colonne di marmo. Pigri ventilatori smuo-

vono l'aria calda. I camerieri hanno divise bianche con le macchie di unto, fasce rosse sulla pancia e cappelli che cascano sulle orecchie. Tanta gente affolla i tavolini.

Ordiniamo quattro cioccolate bollenti con la panna e tre porzioni di *spring rolls*.

– Ragazzi, vi voglio raccontare una barzelletta, – dico mentre aspetto che il cioccolato si raffreddi. – Un signore al ristorante: «Cameriere, un uovo all'ostrica». Il cameriere torna e dice: «L'ostrica ringrazia».

Si sganasciano. Sarwar con le lacrime agli occhi racconta una barzelletta indiana.

– Lo sapete perché il bue vuole sempre sfasciarsi le corna contro i muri? – ci chiede.

Rispondiamo che non ne abbiamo la piú pallida idea.

– Perché cosí si fa la bua.

Agghiacciante!

Io gli tiro un paio di zollette di zucchero, Osvald gli tira tutta la zuccheriera, Livia uno *spring roll* che gli si infila nel turbante.

Mentre cazzeggiamo, mi guardo un po' in giro.

Dall'altra parte della sala è seduta Mila Oberton.

Mi prende un colpo.

È dal giorno del concerto che la sua immagine mi si è stampata nel cervello. Vederla cosí, all'improvviso, mi dà i brividi.

È con delle amiche, bevono frappè alla vaniglia e sgranocchiano amaretti di Saronno.

Muoio dalla voglia di parlarle. Ma come faccio ad avvicinarla? E Livia che penserebbe?

Ho un'idea.

– Vado al bagno, – dico nel tono piú normale.

Mi allontano, passo accanto al tavolo dell'indiana ed entro nella toilette. Faccio pipí ed esco. Le
passo vicinissimo e la supero con studiata lentezza.
Molleggio un po' sulle gambe.

– Scusi, scusi! – la voce di Mila alle mie spalle.

Ah! Mi ha riconosciuto. Mi volto.

È bellissima, come sempre. Ha una maglietta
blu e un paio di jeans scoloriti. I capelli raccolti in
alto. Non è truccata, un filo di perle accentua la
lunghezza del collo.

– Sí?! – dico.

– Ragazzo, vorrei un altro frappè con la vaniglia
e una porzione di olive ascolane. Voi volete qual-
cos'altro? – chiede alle amiche.

Vaffanculo, mi ha scambiato per un cameriere.

– Non sono il cameriere, ma se vuole glielo chiamo, – dico facendo finta di non riconoscerla.

– Oh scusami… ma io ti conosco! Certo, tu suo-
navi alla mia festa. Non ti ricordi?

– Ecco! Mi sembrava una faccia già vista la sua,
ma non riuscivo a collegarla al concerto. Ora che ci
penso, però, mi ricordo. Sí… – dico con una faccia come il culo.

– Come va? Ti piace ancora l'India?

– Tantissimo.

– Ho pensato a te spesso, soprattutto di notte.
Che bella la tua musica. Volevo chiamarti e sapere
se avevi voglia di uscire.

Abbasso lo sguardo sulle scarpe poi lo rialzo e
la fisso.

– Anch'io ho pensato a lei, spesso. Speravo che
mi chiamasse… – dico e mi rendo conto di aver fatto

una bella figura di merda. Come si può essere cosí idioti? Gli avevo appena detto che non mi ricordavo di lei. Comunque Mila sembra non farci caso.

– Volevo farlo ma non ho avuto un attimo di tempo. Però questo nostro incontro casuale vuol dire qualcosa, non credi?

– Sí, è sicuro, non so cosa, ma qualcosa vuol dire certamente.

– Allora, se non sei occupato, stasera ci potremmo vedere? – Succhia il resto del frappè poggiando le labbra scure sulla cannuccia. Vorrei darle un bacio sulla nuca dove nascono e si intrecciano i capelli piú fini.

– Va bene, – dico e l'aria mi manca. – Io sono… libero.

Si scrive su un foglietto l'indirizzo.

– Allora passo a prenderti alle otto? Sarai pronto?

– Sí, lo sarò.

Saluto e mi allontano.

Non voglio pensare all'importanza dell'accaduto.

Arrivo al nostro tavolo in volo. Mi siedo e non ascolto piú nulla.

Sono le sette e ancora non so come devo vestirmi. Sto sfogliando «Uomo Vogue».

Che mi metto? Un completo di lino coloniale o una canotta lercia e impataccata con pantaloni blu deformati, genere *Ragazzi della cinquantanovesima strada*?

Vabbe', mi metto il completo e sotto la canotta, ma prima devo lavarmi. È fondamentale.

L'acqua però non c'è, uno dei tubi deve essersi otturato. Prendo il beauty-case e monto sul tetto arrampicandomi sul cornicione. Al centro del tetto c'è un imponente cassone dell'acqua.

Mi tuffo.

Faccio qualche vasca e comincio un po' a sommozzare. Sotto l'acqua, a tre metri di profondità, un branco di pesci neon e un altro di *petitelle Georgae* mi mordono dolcemente per togliermi gli animalini che vivono sulla pelle.

Riemergo. Mi lavo le ascelle, i piedi, le orecchie, il pisello, il sedere e la faccia. Torno giú lindo.

Osvald mi guarda stupito. Non ci può credere che mi sono lavato. Gli spiego che devo uscire con la figlia di Wall Oberton. È abbastanza contento anche se nutre qualche dubbio sulla integrità morale della famiglia Oberton. Certo non è insensibile alla procacità della figliola. Meno male che Livia è uscita insieme a Sarwar.

Sento il rumore di un clacson giú per strada. Dev'essere Mila. Mi do un'ultima occhiata allo specchio, mi pettino i capelli con la riga a destra, dico che torno presto, saluto Osvald e mi butto giú per le scale.

Mila mi aspetta in sella a una KTM 350 da cross a due tempi. Tocca terra a malapena nonostante le gambe lunghe. È vestita con un tailleur rosso e una camicia di seta, scarpe con i tacchi come la ragazza del Martini. Il rumore del motore è assordante.

– Ti posso dare del tu? – urla mentre lo scappamento erutta fumi pestilenziali e cancerogeni.

– Guarda che già me lo davi, – faccio io.

– Ah! Allora monta e tieniti forte. Ti porto a fare una gita fuori porta.

Mi arrampico sulla sella e poggio le mani sui fianchi da ape di Mila. Lo Chanel n° 5 e l'odore della benzina mi fanno girare la testa.

Ingrana la marcia. Il motore fa «strok». Parte su una ruota e per poco non rotolo giú. Usciamo rombando dalle stradine del centro facendo diversi morti. Ci immettiamo sul Grande Raccordo Anulare.

È una bella serata e il sole è lontano, basso sull'orizzonte. Il cielo è tinto di rosa e l'aria è buona, sa di mango e papaia.

Apro la bocca e i polmoni si riempiono d'aria.

Man mano che ci allontaniamo dal centro le strade si svuotano dalle carrozzette rumorose, dai taxi e dai torpedoni per dare spazio a buoi, a cavalli stenti, alle greggi, alle mandrie.

Corriamo sopra un mare di cavalli fiscali sulla ferita d'asfalto che taglia i verdi campi. Molti pendolari camminano ai bordi della strada, sulla testa grossi sacchi, tornano a casa.

Mila corre come una furia, muta, attaccata al manubrio. Ho paura e nello stesso tempo, quando si piega, curva, si raddrizza, sento l'ebbrezza, la precarietà e soprattutto l'inutilità di questa corsa a pochi centimetri da terra. Rischiamo un paio di volte di stamparci contro i camion che arrivano nell'altro senso, ma ogni volta riusciamo miracolosamente a salvarci. Sgomma, accelera, scala le marce in una battaglia tra lei, la moto e la strada.

Finalmente svoltiamo su una strada bianca che si infila attraverso i campi ricoperti d'acqua. Andiamo avanti cosí, senza che io possa chiederle nulla tanto è il rumore dell'infernale trabiccolo. La strada ormai è un ponte nella laguna. Arriviamo in uno spiazzo e ci fermiamo.

A lato c'è una costruzione in legno, una capanna che ricorda quelle della Louisiana, costruita su palafitte. Sporge in avanti sulla palude. Barche marce, spaparacchiate in quella piatta di melma tranquilla, sono abbandonate sulla riva.

È un posto solitario e solo il richiamo dell'airone, il gracidare della rana toro e il suono della *Sialis flavilatera* risuonano in lontananza.

Mi sgranchisco. Il viaggio mi ha massacrato la schiena. Entriamo dentro.

È un ristorante. Non c'è nessuno. Non un cameriere, un morto che ci venga ad accogliere. I tavoli sono apparecchiati con cura, sopra le tovaglie a scacchi blu. Alle pareti sono appese vecchie stampe di navi inglesi. Le candele rendono intima l'atmosfera.

Ci sediamo in terrazza. Fa un caldo micidiale e ci sono un sacco di zanzare.

Mi metto in canotta. I muscoli guizzano e si gonfiano come pesci sotto la superficie del mare. Mila si leva la giacca e si sbottona un po' la camicetta aprendo uno spiraglio tra i seni.

Non porta reggiseno, scorgo i capezzoli eretti attraverso il tessuto leggero.

Mi accendo una sigaretta. Chiudo gli occhi e mi strofino un cubetto di ghiaccio sul collo.

– E a me? – dice, tirando indietro la sedia e allungando le gambe scure.

L'aria è immobile e viziata. L'odore della palude, della vegetazione in decomposizione, delle carogne mi riempie le nari come un profumo esotico.

– Aspetta –. Continuo a passarmi addosso le scaglie di ghiaccio che si sciolgono al contatto con la pelle.

– Ti prego, sto morendo, – dice con voce lamentosa.

Mi alzo, sigaretta in bocca e la raggiungo. Afferro uno sgabello e mi siedo dietro di lei. Sta morendo nell'attesa del gelido contatto. Prendo un cubetto e glielo passo sul collo che le brucia. Reagisce ai miei movimenti con delle scosse di impercettibile piacere.

I recettori del tatto eccitati dal ghiaccio rilasciano neurotrasmettitori negli spazi sinaptici e i neuroni impazziti lanciano scariche elettriche al sistema nervoso periferico che risponde rilasciando ormoni sessuali che le stimolano desideri eccessivi ed estremi.

Le apro la camicia. Mila è a occhi chiusi, s'infila le mani tra i capelli.

Le passo il ghiaccio sopra gli addominali, sulle costole, sui seni.

– Cantami qualcosa, qualcosa di triste, – dice. – Ho voglia di sentirti cantare. Mi eccita.

– Che cosa? – dico.

Mi ha preso in contropiede.

– Quello che ti pare…

So che ci vuole.

– *Una birra, fumo, musica e dopo tu. No! Questo dubbio. Una stanza in tre? A Berlino che giorno è?* – canto. Non me la ricordo bene.

– Adooro Garbooooohhh. Mi vuoiii fare impazzireeehhh?! Síííííí… Ancoraaaa, – miagola.

Ne ero certo. Garbo è una sicurezza.

Mila respira affannosamente contraendo il dia-
framma e a ogni espansione della gabbia toracica
le ghiandole mammarie sono portate in alto e poi
in basso, immobili e sode. Prende la brocca e ne
tira fuori un altro cubetto. Divarica le gambe e
si tira giú le mutande di pizzo rosso arrotolandole
sulle cosce, fino alle ginocchia. Prende il pezzo di
ghiaccio e se lo infila tra le gambe. La mano sparisce sotto la gonna.

Mi verso un Martini. Mi piace vederla cosí presa
in quel piacere egoista. A un certo punto però decido di farla smettere, non sono fatto per le prove
di resistenza. La blocco tenendola per il collo, le
infilo una mano tra le cosce e le prendo il cubetto
con cui si diverte. Lo getto nel drink e con una sola sorsata butto giú tutto.

Lei si riinfila le mutande e si rimette a posto come se niente fosse stato.

Guardiamo fuori, le rondini rincorrono i mosce-
rini sul pelo dell'acqua e poi risalgono.

– Allora, che si pappa? – dico per rompere il silenzio.

– Ti voglio fare assaggiare la specialità della casa, il *tilotipo*. Credo che ti piacerà, – dice aggiu-
standosi i bei capelli neri come la notte.

Nella mia testa stanno proiettando un film xxx.
Io e Mila ne siamo i protagonisti, avvinghiati l'uno
all'altro come murene in amore.

Batte le mani due volte. Arriva una ragazzina
magra magra, ha in mano due piatti che contengono un pappone bianco e denso.

– Marco, dimmi una cosa: ti piaccio? – mi chiede Mila.

– Sí, se vuoi sapere la verità, mi piaci un mucchio. E io... io ti piaccio? – le domando con un
rospo infilato in gola.

– Non so se mi piaci. È diverso.

– Come è diverso? Che vuoi dire? Dillo se non
ti piaccio, non c'è problema, capito? Tranquilla, –
faccio il finto duro.

– Ti voglio. Da quando ho scorto il desiderio nei
tuoi occhi. Alla festa volevi scoparmi fino a farmi
impazzire, non è vero?

– Be'... Si... si capiva, eh?

– Quando abbiamo finito lo zuppone faremo
l'amore ai bordi della marana, sei contento?

– Sí, moltissimo. Non vedo l'ora. Anzi sbrighia-
moci a mangiare.

Certo i preliminari questa ragazza non sa che
cosa siano. Alla faccia della spontaneità.

Poi, guardando l'aspetto sinistro del piatto che
ho davanti, continuo: – Se non mi viene la gastrite.

– Non devi sentirti a disagio se ti dico queste
cose. Se qualcuno mi piace non sono contenta finché non riesco ad averlo. Mi hanno troppo viziata da piccola e sono affetta da una grave forma di
ninfomania cronica. Hanno tentato di curarmi, ma
è stato tutto inutile. Mio padre mi ha mandata da
tutti gli psicologi, gli analisti piú famosi, di ogni
scuola, credo e razza. Non sono riusciti a cambiarmi, a guarirmi da questa deliziosa patologia. Di solito me li scopavo subito alla prima seduta, se invece non mi piacevano, mi limitavo a raccontargli le
mie fantasie sessuali. Rimanevano cosí turbati che
mi imploravano, in lacrime, di andarmene. L'unica
persona che mi ha aiutata è stato Djivan Subotnik.

Quell'uomo è un genio. Sono pazza di lui. È uno scienziato e mi ha spiegato che non sono malata ma ho ricevuto un dono dagli dèi. Ha detto che una personalità perversa come la mia, capace di fare agli altri quello che non vuole sia fatto a sé, ha come controparte la bellezza necessaria per creare la perfezione. Ha plasmato le piú oscure e torbide pulsioni che regnavano confuse nella mia anima e le ha rese coscienti. Mi ha iniziata a pratiche che non puoi immaginare, al piacere della carne ai ferri, al sesso non ortodosso.

– Guarda che si raffredda, poi non è piú buono –. Assaggio lo sformato misterioso. È piuttosto dolciastro. Agrodolce, direi.

– Cos'è? – chiedo.

– Una ricetta antica, molto afrodisiaca. I boscimani se ne nutrono durante il rituale di accoppiamento.

– Che c'è dentro?

– Meringhe, maionese e bava di boxer.

Che orrore! Mi viene da vomitare. Non ce la faccio a finirlo. Spero non si offenda.

– Com'è? Non è fantastico?

– Buonissimo.

Ingollo il Martini.

Mi prende per mano e mi bacia, infilandomi in bocca un anaconda che va a esplorare prima le tonsille e poi l'esofago. Mi trascina all'aperto.

Il sole è quasi scomparso e il cielo ha un aspetto psichedelico: lame viola salgono in alto e spirali di nuvole rosa si intrecciano in trame complicate.

– Perché non facciamo il bagno? – mi chiede Mila.

Non rispondo e mi spoglio. Sento le membra molli molli, come fossi una medusa. Mi getto di peso in quella broda calda e accogliente. Nuoto a rana tra i loti e le ninfee. Le radici mi scivolano sulle gambe dandomi brividi di piacere.

Mila si libera dei vestiti e si tuffa e mi insegue come fa il luccio con il persico.

Nuoto tra le foglie e la raggiungo. La bacio con passione, mi mordicchia l'orecchio e il labbro inferiore. Vorrei abbracciarla e stringerla forte ma mi sguscia tra le mani come una sirena. A un tratto dei crampi dolorosi mi esplodono nelle gambe e non riesco a nuotare. Devo tornare a riva.

Mila mi guizza intorno immergendosi per lunghi tratti.

– Mila! Aiuto! Sto male. Aiuto! Affogo!

Ma l'indiana è scomparsa.

Non ho piú forza e le radici subacquee mi avviluppano le gambe in una morsa che mi trascina verso il fondo.

Le luci del ristorante ora brillano lontano come un faro perduto. Mi dirigo faticosamente verso il bagliore. Il buio è calato improvvisamente e il cielo è nero e senza stelle. I crampi mi mordono i polpacci.

– Mila, Mila, dove sei? Aiuto!

Un corpo scuro mi scivola vicino. Mi tocca un piede. È un pescecane. La pinna dorsale taglia in due l'acqua immobile dello stagno.

Uno squalo che nuota in un lago?!

Non sono piú tanto sicuro che questi mostri vivano solo in mare. Forse un adattamento, una razza d'acqua dolce.

Piú spingo e nuoto e mi dibatto e piú la riva si
allontana. Bevo quest'acqua fetida che ora è sala-
ta come quella del mare. E le onde mi sballottano
come un relitto alla deriva. Chiudo gli occhi e mi
rendo conto che alla vita ci sono attaccato come le
patelle agli scogli. Sebbene abbia buttato giú molta di quest'acqua immonda, mi faccio forza e continuo a nuotare concentrato. Devo essere vicino
a riva, le luci sono piú forti. Sento il frinire delle
cicale. Arrivo senza piú forze, stremato, a pochi
metri da riva. Mila mi prende per i capelli trasci-
nandomi come un sacco di patate.

– C'è uno squalo. Uno squalo enorme! – mu-
gugno.

Mi trascina sulla spiaggia tirandomi per i capelli
e si siede nuda sulla mia faccia. Non riesco a respirare, tento di prendere aria ma inalo solo l'odore
agrodolce dei suoi umori.

– Ti piace la fica, eh? Muorici sotto, stronzo! –
Ride e vibra di piacere.

– Che mi hai fatt... o, ch... m... succed... ps-
shhessss? – riesco a biascicare nonostante l'inquie-
tante presenza della sua clitoride tra le mie labbra.

– Nel piatto che hai mangiato c'era un aroma
in piú: la neurotossina RR2. Ti sta bloccando tutti i centri nervosi, centrali e periferici, inchiodan-
doti come uno stoccafisso. A quest'ora dovrebbe
avere agito.

Che stronzo! Ci cado sempre. In aereo il panino
con lo stracchino e ora il pappone. Vi do un consiglio: quello che mangiate cucinatevelo da soli.

Mi sono irrigidito come uno stoccafisso e sbavo
come un cane rabbioso. Ho un occhio impazzito

che si apre e si chiude secondo decisioni che prende da solo. La bocca si è contratta in un ghigno mostruoso. Tento di muovermi ma il corpo non risponde agli ordini del cervello. Tutti i muscoli sono contratti.

– Non puoi piú scappare, – continua.

Vorrei chiederle perché fa tutto questo, ma non posso. La mascella mi si è indurita in una smorfia mostruosa.

– Non morirai, non ti preoccupare. L'azione di questo farmaco è transitoria. Tra qualche giorno tornerai a essere normale. Ora pero è necessario che ti teniamo in vita con un respiratore artificiale, sennò rischi di schiattare. Tra poco avrai tutti i muscoli respiratori bloccati e nelle tue condizioni vivresti solo un paio di minuti.

Cazzo, in che brutta situazione sto.

Riesco ancora a ragionare, però. Il cervello, per fortuna, non è un muscolo.

– Che bello! Ti stai indurendo tutto, anche il tuo coso.

Ci affonda sopra e comincia a scoparmi come un'invasata ma io non provo alcun piacere, contratto come sono.

Dalla porta del ristorante esce un gruppo di persone, ne sento i passi sul selciato.

– Forza… avete… preso la bombola, mi pareeeee… Che… ha gli spasmi di chi se ne sta andando… al… Creatore. Sí. Sí. Mi piace. Ahhhaaahhh, – mugola Mila raggiungendo l'orgasmo.

– Bisogna aprirgli la bocca per infilarci il cannello, – dice una voce. Vorrei girare la testa e vedere chi parla ma non ci riesco.

Mila si alza e mi osserva. – Non sarà facile. Questo è cosí irrigidito che la bocca non gli si aprirà mai. Giratelo!

Me ne sto andando. I sensi sono ottenebrati dalla mancanza d'aria. Me ne vado cosí, senza avere salutato nessuno, senza aver ringraziato, me ne vado mentre questi bastardi mi trattano peggio di una cavia da esperimento.

Mi fanno rotolare.

Un paio d'occhi mi fissano con un'espressione piena di interesse. È Franco, la punizione di Dio, l'arancione con cui avevo fatto conoscenza in aereo. Non è morto nell'incidente allora! È vivo. Ed è sfigurato. Parte della faccia è ustionata e riattaccata con suture grossolane. L'occhio sinistro è opaco e senza vita.

– Hai visto, signorino, cosa mi hai fatto? – dice con un ghigno cattivo.

– Forza: intubalo. E non chiacchierare, – fa Mila tutta nuda. Si sta asciugando.

Franco mi prende la testa e la mandibola e comincia a fare forza per aprirmi la bocca. Cerco di collaborare, non voglio morire, ma è tutto inutile: la mia dentiera si è chiusa in una morsa d'acciaio.

– Franco, sei un perfetto idiota, non sai fare un cazzo. Cosí lo farai stirare. Levati di mezzo, incompetente, fai fare a me! – Mila mi si siede sullo sterno e comincia anche lei a tirare come una pazza. Non ne cava un bel niente. – Vuoi aprire i denti, stronzo? Se non li apri muori peggio di un cane. Non capisci niente!

Si sta arrabbiando e io non so che farci. Vorrei poterla aiutare ma riesco solo a tremare. È infu-

riata, prende un sasso bello grosso e mi percuote
la dentiera.

– E ora vediamo se non la apri, questa fottutis-
sima bocca.

Il rumore del sanpietrino sui denti è veramente sgradevole. Mila non ha tecnica e riesce solo a
massacrarmi. Mi viene un'idea. Comincio a mugu-
gnare provando a comunicare.

– Ggggghhhhhheeeeee.

Mila continua a martellare come un'invasata.
La bocca mi si è riempita di sangue.

– Che cazzo vuoi? – mi chiede.

– Gggghhhhheeeeee.

Giro gli occhi verso la barca che sta ormeggia-
ta a riva. Cerco di attirare il suo sguardo in quella
direzione.

– Forse vuole comunicarci qualcosa? – dice Franco, piú perspicace di quanto appaia a prima vista.

– Che c'è? – mi domanda Mila. – Parla!

– Ggggghhhhheeeeeee.

– Non si capisce niente. Cerca di esprimerti con
proprietà. Probabilmente sta solo lamentandosi, –
si rivolge a Franco e riprende a colpire.

– Gggghhhhhhhhhhheeeeeeeeeeeee –. Sputo
sangue a fiotti.

– Sembra che indichi la barca. Continua a guardare in quella direzione, – dice Franco.

È un genio quest'uomo.

– Vuoi fare un giretto in barca? Non mi sembra
il momento adatto… – fa Mila.

– Sí, indica proprio la barca. Continua a guardare di là. Che c'è? – dice Franco avvicinandosi
alla barca.

Mila lo guarda come se fosse un idiota, ma non lo è per niente, ha capito che è lí la chiave dei nostri problemi.

– Vuoi l'ancora? – dice sollevandola.

– Ggggghhhhhhhhoooo.

– Mi sembra che lo possiamo interpretare come un no, – dice Mila.

– Vuoi il timone?

– Ggghhhhhooooooooo.

– Ho capito, vuoi la fiocina. Vuoi la fiocina, cosí ti ammazziamo e non ti lasciamo soffrire.

– Ggggghhhhhhssíííííííííí, – dico con uno sforzo sovrumano.

Non hanno capito niente mannaggia, volevo solo dirgli di usare l'arpione per fare leva tra i denti e infilare cosí il cannello dell'ossigeno.

– Mi dispiace un sacco. Non ti posso uccidere, ci servi vivo. Però posso metterti la fiocina tra i denti, fare leva e infilarti il cannello dell'ossigeno. Sono un genio, vero? – mi dice Mila.

Tento di sorridere. Inseriscono l'arpione tra gli incisivi, mi allargano finalmente la bocca e mettono il tubo. Aprono la bombola.

Aria! Aria, finalmente.

Sono diventato cianotico, ho preso una tinta blu scuro, non ho piú un filo di vita e nonostante tutto questo sono ancora cosciente e aspiro l'aria come se fosse la cosa piú buona del mondo.

– Bene, è sistemato. Preparatelo per il viaggio! – ordina Mila ai suoi arancioni.

Mi girano, sono in quattro e riconosco due di quelli che avevano tentato di acchiapparmi al mercato.

Mi piazzano la bombola sopra le gambe e la fissano con lo scotch da pacchi, quello largo e marrone. Poi mi passano il nastro adesivo intorno alle braccia e alle caviglie. Fabbricano anche due maniglie di corda che fissano alla schiena e alle cosce.

Franco mi solleva come se fossi una Samsonite.

Mila si riveste con un corpetto di pelle nera e giarrettiere pitonate. Si passa un rossetto scuro sulle labbra, si lega i capelli in una coda di cavallo. Si mette un collare da mastino e i guanti di pelle.

Non posso fare a meno di pensare a quanto è bella e malvagia.

Giuro! La pagherà cara. Parola di Marco Donati.

– Bene ragazzi, ci vediamo domani, – dice Mila accendendo la moto. Poi rivolgendosi a me: – E tu fai buon viaggio. Ci separiamo per poco. Ah, ti volevo dire una cosa: la vostra musica mi fa veramente vomitare. A me piacciono i Metallica.

Mi prende la testa e mi dà un bacino sulla bocca stando attenta a non sbafarsi il rossetto. Monta con un balzo da gatta sulla KTM, innesta la prima e parte su una ruota.

Gli arancioni hanno tirato fuori una Duecavalli nascosta dietro le fratte che circondano il ristorante. Mi legano sul portapacchi con gli elastici.

Mentre facciamo manovra vedo la bambina, quella che ci aveva portato da mangiare. Mi saluta agitando la mano.

È una notte bellissima, le stelle fanno a gara nell'illuminare il firmamento. Filiamo veloci sulla provinciale, sono pochi i fari che incrociamo. Tutto, intorno, dorme placidamente in questa tiepida notte tropicale: le bestie, le piante e gli uomini

finalmente uniti insieme da questa piccola morte
che è il sonno. Chiudo gli occhi anch'io e mi lascio coprire dalla mano leggera del vento orientale.
    Dove sto andando?

Il castello

Sono chiuso in un gabinetto, ho una diarrea fulminante. Me la sto facendo sotto. Mi abbasso i pantaloni e le mutande. Mi siedo urlando sulla tazza. La devo fare, subito, immediatamente sennò scoppio. Ma non ci riesco. Ci provo, mi sforzo ma niente. Lo stimolo però è insostenibile. Le viscere mi si stanno rivoltando in corpo. Urlano. Perché? Perché non ci riesco? M'infilo una mano tra le chiappe e scopro che non ho il buco del culo.

Mi risveglio urlando.

– Piano. Piano. Tranquillo. È solo un brutto sogno, -- dice una voce femminile. Una mano mi scuote.

Altro che brutto sogno, quello che ho avuto è un incubo in piena regola. Sono tutto sudato. Provo a muovermi, ma non ci riesco. Nemmeno riesco ad aprire gli occhi. Ogni fibra del mio corpo si lamenta. È come se un milione di spilli siano conficcati nelle mie carni.

– Non ti muovere, Marco. Sei ancora sotto l'effetto del veleno. Ti dà fastidio la luce? Ti chiudo le persiane.

Passi. Rumore di cardini.

– Meglio?

Non lo so. Ho la bocca impastata e qualcosa, un ago forse, mi perfora il braccio. Riesco ad aprire uno spiraglio sottile tra le palpebre.

Una giovane donna indiana mi siede di fronte. Ha i capelli tinti di biondo e due grosse tette costrette in una maglietta con una tigre d'oro veramente pacchiana, pantaloni che le fasciano le cosce e ai piedi un paio di zoccoli con il tacco a spillo. Nell'insieme è una strafica, un po' volgare magari.

– Come ti senti?

– Male. Molto male. Credo che questa è stata la botta finale per la mia salute malridotta.

Sono in una grande stanza con i muri di pietra e una finestra che dà sul blu del cielo.

Il letto è al centro della camera. Il resto dell'arredamento è un comodino, il trespolo dove è attaccata la flebo e la sedia su cui è seduta l'indiana. Si sta rifacendo le unghie con una limetta.

– Dove sono?

Ricordo che ero legato al portapacchi e dopo niente piú. Devo essere svenuto.

– In un ospedale. Si prenderanno cura di te.

– Meno male! Credevo di essere ancora nelle grinfie di quella pazza di Mila. Ah, ma che cafone che sono, mi scusi, mi devo presentare. Marco Donati. Con chi ho il piacere di parlare?

– Non mi riconosci?

La guardo meglio. No. Mai coperta, me la sarei ricordata.

– No, non mi pare...

– Sei sicuro? Guardami bene.

Si alza e si gira mostrandomi il corpo da maggiorata.

Bohh?!

– No, proprio no. Non mi ricordo. Forse si sbaglia.

– Ma dài, non è possibile! Eppure io sono la prima persona che hai conosciuto quando sei venuto al mondo.

La mia ostetrica?! Naa. Impossibile. Un'altra pazza, che palle! Mi sono appena liberato di Mila che subito ne spunta un'altra. Le attiro come api, porca miseria.

– Mi sa che si sbaglia, signora.

– Dài Marco, eppure è cosí facile.

Continua a sorridere e mi liscia i capelli. Ma che vuole da me questa malata di nervi? E come mai sa il mio nome?

– Nooo, non l'ho mai vista, glielo giuro. E non mi accarezzi, per favore.

– Non essere maleducato –. Mi molla uno scappellotto.

– Per favore parli, la prego, non ce la faccio piú. Non mi sento bene, se ne dovrebbe rendere conto anche lei –. E poi mento: – Sí, forse mi pare di ricordare il suo viso, ma perché non mi rinfresca la memoria per favore?

– Marco, sono tua madre!

– Come?

– Sono tua madre.

Delira. È una psicopatica.

– Ma che dice? – Mi viene da piangere.

– Non mi riconosci perché dall'ultima volta che ci siamo visti ho subito qualche intervento di ricostruzione estetica globale. Ho cambiato quasi tutte le parti del corpo, anzi per la verità tutte, tranne il

cervello. Oltre che all'esterno, anche dentro tutti gli organi sono stati sostituiti. Ho il cuore piú
grosso e potente con una gettata di due litri al minuto. Il fegato è stato potenziato, ora non ho problemi con patatine fritte, cheeseburger, calamari in
umido. L'intestino è sovradimensionato, ho i villi
superassorbenti, niente piú problemi di stitichezza. Il pancreas è ipertrofico. Avevo pensato, visto
che c'ero, di cambiare anche il cervello per diventare piú intelligente, ma poi costruivano un'altra
e di me che cosa rimaneva? Allora: non sono uno
schianto?! – dice contenta.

– Le spiego una cosa: sono un malato terminale, mi hanno avvelenato e trasportato per parecchie centinaia di chilometri su un portapacchi. Ho
avuto un incubo spaventoso, mi risveglio a malapena e una psicopatica, mi scusi ma non saprei come altro definirla, mi dice che è mia madre e che
le hanno allargato lo stomaco e non so che altro.
Ora la prego, la imploro di lasciarmi in pace. Ne
riparliamo, se vuole, quando mi sentirò meglio. Per
favore se ne vada.

– Marco, ti ricordi quando hai fatto la gara di
nuoto in piscina e tuffandoti hai sbattuto la testa
sul fondo?

– Come fa a saperlo? Come l'ha saputo?

– Ti ricordi quando per un anno hai deciso di
ascoltare solo i dischi dei Camaleonti e ti mettevi
i camperos e il piumino Ciesse?

No! Questa donna conosce materiale top secret
sulla mia vita, con cui potrebbe anche ricattarmi.
Sono disposto a darle qualsiasi cosa per non farla parlare.

– E ti ricordi quando ti volevi suicidare perché Monica ti aveva lasciato e ti sei imbottito dei miei anticoncezionali? – incalza.

Sa troppe cose sul mio passato. Deve aver parlato con mia madre. Nessun altro potrebbe averle rivelato queste scottanti verità.

– Qual è il mio piatto preferito? – le domando.

– Linguine alle vongole. Con una spruzzatina di rosso.

– Chi è il mio scrittore preferito?

– Richard Matheson.

– La mia attrice preferita?

– Sophia Loren.

– Il mio regista?

– Peter Jackson.

Cazzo. È veramente ben informata. Incalzo.

– Il mio medico curante?

– Virgilio Vagoni.

– Dove ha una voglia?

– Sulla natica destra.

– Come ha fatto a vederla?

– È stato il mio amante.

– Qual è la parte delle donne che mi piace di piú?

– Le tette.

– La marca della vodka che bevo?

– Absolut.

Che treno! Come va! Gli faccio il domandone da trecento punti. La uno, la due o la tre? Si concentra. Chiede di entrare in cabina. Se risponde è fatta.

– La cosa che mi piace di piú nella vita?

– Avere 37,3 di febbre e mangiare il panettone con la crema gialla avvolto in una coperta su un divano davanti a un film di arti marziali.

– Mamma!

– Figlio mio!

L'abbraccio, lei mi stringe a sé. Piango un po'.

– Come sono felice di vederti! Ma che hai fatto, mamma, sei ringiovanita di vent'anni? Non hai piú niente della donna che conoscevo, sei un'altra. Sei diventata una strafica esagerata. Com'è possibile?

– Senti tesoro, pensi che potevo accontentarmi di qualche liposuzione, massaggio anticellulite, di interventi alla bocca e al seno? Invecchiavo e quello che mi proponevano i chirurghi estetici in Italia era semplicemente di restaurare una vecchia tela ormai logora. Non sopportavo piú di perdere la mia bellezza, di non essere piú attraente. La scienza chirurgica è cosí antiquata, asporta, aggiunge, ricostruisce. Volevo qualcosa di piú radicale. La parola giusta non è trasformare ma sostituire. È qui il segreto dell'eterna gioventú. Ti ricordi quel giorno che sei venuto a mangiare da me, prima di partire per l'India?

– Sí, certo.

– Ti ricordi quell'uomo che stava a pranzo a casa mia? Quello era Djivan Subotnik. Sono la sua amante.

No! Non ci posso credere! Quello era l'orrendo Subotnik. Aveva detto di chiamarsi in un altro modo.

– Quel genio mi ha tirato fuori da un corpo orrendo. Come la fenice, sono rinata dalle mie ceneri. Ha fatto una scoperta unica nel campo dell'immunologia. È riuscito a caratterizzare la proteina responsabile dei rigetti nei trapianti. Ha capito esattamente come funziona e come inibirla. Io sono stata una delle prime a mettersi sotto il suo bisturi. È un dio. Non sai quanto lo stimo.

Sto molto male mentre lei mi racconta queste cose.

– Ha votato se stesso alla ricerca della bellezza. Tutti possiedono qualcosa di bello, chi il naso, chi la cistifellea, chi le orecchie, chi il duodeno. Djivan costruisce corpi perfetti unendo pezzi anatomici di tante persone. Mi spoglio? Vuoi vedere la perfezione?

– Ti prego, evita. Non voglio vedere nulla. Sei una pazza esaltata, metterti nelle mani di un folle come quello. Ma spiegami una cosa: chi ti ha dato le parti che ora indossi? Hai un aspetto cosí asiatico.

– Semplice. Djivan usa come materiale per le sue creazioni i corpi degli indiani. Sai, questi poveri indigeni vivono in un degrado e in una povertà! Non te lo puoi immaginare. Djivan paga intere famiglie solo per poterne operare uno. Pensa com'è buono. Gli indiani sono tutti contenti di sacrificarne uno per il bene degli altri. È un benefattore.

Non è possibile, ma che è? Un romanzo dell'orrore? Il dottor Moreau è un pivello in confronto all'infame Subotnik.

Mia madre è impazzita. Non sono mai stato convinto che fosse un genio, ma bersi tutte queste stronzate è troppo.

– Ti rendi conto di quello che dici? Hai mai sentito parlare di bioetica? – le chiedo.

– Sí, qualche volta, alla tele. Ciò che è lecito e ciò che non lo è nella ricerca scientifica? Mi pare. Cazzate per bacchettoni reazionari arteriosclerotici.

– Mamma, anzi Adele, visto che ormai il tuo corpo non è più quello con cui mi hai generata. Ti sei impossessata di organi che non ti appartengono. Te li sei presi pagandoli poche rupie, strappando a dei poveretti l'unico bene che ancora possedevano, il loro corpo. Sei un'assassina senza cuore. Sparisci dalla mia vita.

Vorrei fuggire, essere dovunque, anche in Portogallo, ma non posso, sono inchiodato a questo letto. Vaffanculo!

– Lo sapevo. Sei il solito moralista. Un piccolo borghese, tale e quale la buon'anima di tuo padre. Tanto buono ma così cafone. Hai la mente ristretta. Di fronte al possesso della giovinezza eterna, alle sublimi arti della chirurgia sperimentale mi fai 'sta morale da quattro soldi. Non è chic. E tutto questo per quattro indiani cenciosi e ignoranti. Sei ridicolo. Forse li conosci? Sono amici tuoi?

– Non voglio ascoltarti, – dico, tappandomi le orecchie. – Blblblblblblblblblblblbl, – faccio per non sentirla.

Mi guarda un attimo in silenzio, poi riprende:

– Tutto ciò dimostra che ho fatto bene a mandarti la lettera. Figurati se saresti venuto *tua sponte* a farti curare. Me lo immaginavo, anche a Roma avevi tendenze suicide, non ti sei nemmeno sottoposto alla chemioterapia.

– Come...? Quale lettera? Spiega!

– La lettera della signora Damien l'ho scritta io. Per il tuo bene. Era l'unico modo per averti qua. Subotnik ti opererà, sostituirà i tuoi polmoni malati con un paio sano. Ho già pagato un donatore, un simpatico ragazzo di vent'anni in perfetta salute. Sarai salvo, caro, il cancro non ti porterà via. Gioisci, la vita ricomincia.

– Dimmi che non è vero, che sto ancora sognando. Ti prego, ti scongiuro. Dimmi che è uno scherzo.

Sono ridotto uno straccio. Allora recitava, quella sera a casa sua. Mi faceva credere di volere che rimanessi a Roma. Tutta una montatura per spingermi a partire. Mi ha ingannato. Come ho fatto a cascarci?

Stupido, stupido e ingenuo.

– Perché fai così Marco?

Non posso guardarla, e poi, conciata in questo modo, sembra una puttana tailandese.

– Gli arancioni, Mila, li hai mandati tu?

– Lavorano tutti per Subotnik. Dovevi essere portato qua appena arrivato a Delhi ma sei riuscito a scappare. Anche la volta dopo è stato lo stesso, mi hanno detto che ti sei dileguato in groppa a un maiale. Non sai come si è arrabbiato Djivan con Franco e gli altri. Allora ha deciso di mandarti Mila, il suo braccio destro, che è riuscita a farti arrivare qui sano e salvo.

– Ma che sano e salvo. Lo sai che quella stronza mi ha quasi ucciso, è una sadica, mi ha preso a sassate sui denti! – ho la voce rotta dal pianto.

– Lo so, è un po' brutale, ma è così bella e poi è di buona famiglia. Dopo l'intervento voglio fartela conoscere meglio. Ti piace?

– Non mi piace per niente e non voglio fare nessun intervento. Voi non mi toccherete. Non potrei vivere pensando che la mia vita è dovuta alla morte di un povero innocente. Piuttosto mi uccido.

Mia madre si alza e comincia a passeggiare, sculettando per la stanza, poi sbotta:

– Basta! E che palle! Io sto facendo tutto questo per te e tu mi ringrazi cosí? Sei un ingrato. Subotnik non voleva piú operarti dopo che gli hai massacrato Franco. Ho dovuto usare tutte le mie arti per convincerlo. Non fare i capricci, perdio, Marco. Non mi fare arrabbiare. Non sei un ragazzino. Con le buone o con le cattive ti farai operare. Quando sarà tutto finito mi ringrazierai. E non ne voglio piú parlare.

Il nuovo corpo di mia madre pare rispondere bene al travaso di bile. Raggrinza il naso e le si gonfiano le vene sul collo, come ai vecchi tempi. Almeno in questo non sembra essere cambiata.

– Ora riposati, – continua. – Tra una settimana subirai l'intervento. Scusami ma mi sono stancata di parlare con un irragionevole come te. Ho altro da fare.

Se ne va via sbraitando e lasciandomi cosí, come un imbecille.

Sono passati un giorno e una notte da quando ho visto la mia mamma rigenerata.

La notte è calata su di me come una cappa nera. Mi ha lasciato completamente tramortito.

Cammino come un vecchio, piano, trascinando la flebo per la stanza. Ho i muscoli indolenziti.

La porta è chiusa dall'esterno. Sono prigioniero.

Affacciandomi alla finestra ho visto che sono rinchiuso in un castello appoggiato a una roccia che domina una valle verdissima dove scorre un fiume sinuoso. Ai lati le colline a terrazze salgono verso le montagne come gradini per giganti. Piú lontano, nascoste da nuvole soffici come panna, spuntano le cime innevate di una catena immensa, cosí alta da toccare il cielo. L'aria è buona, ha l'odore dei ghiacciai e dell'erba bagnata.

Scappare è impossibile, uno sbalzo di trecento metri mi divide dalla valle.

Tutto mi si è rivoltato contro, a cominciare da mia madre. Ha perso il lume della ragione. Non riesco nemmeno a pensare all'intervento devastante che ha dovuto sostenere per cambiare tutto il corpo.

La mia avventura in India si è dimostrata la piú infausta e sciagurata di tutte le imprese che ho affrontato.

Avevo scelto di morire e invece ciò non accadrà. Perché un povero ragazzo indiano verrà sacrificato.

Ho riflettuto a lungo. L'unica via di uscita è il suicidio. È un atto terribile ma necessario. Non ho nessun potere su mia madre. Quando decide qualcosa non c'è nulla che le faccia cambiare idea. Tanto mi manca poco da vivere, lo sento da molte cose: respirare è sempre piú difficile. I polmoni alle volte sembrano essere percorsi da lame di fuoco che mi fanno vibrare di dolore.

Togliermi la vita renderà tutto piú semplice, accelererà il processo e salverà la vita di un innocente.

Mentre penso alla mia dipartita, i ricordi però riemergono e mi chiudono la gola in un groppo grande come una pallina da tennis.

Ripenso alle serate al ristorante cinese con Livia, al fresco dei tombini, ai miei amici dell'Ascolto Profondo. Vorrei averli vicini per parlare con loro, salutarli prima dell'atto estremo.

Domani, quando mi sentirò piú forte, darò fine alla mia esistenza.

E cosí sia.

Mi risveglio a mattina inoltrata.

Il sole entra nella stanza. Mi sento molto meglio, i muscoli si sono rilassati e il cerchio che mi avvolgeva la testa è scomparso.

La porta si apre. Mia madre. Mi porta la prima colazione. Oggi ha una minigonna color amarena e una camicia con sopra ricamato Pippo, Topolino e non so chi altro. Grossi occhiali scuri che le coprono la faccia.

Mi fa un effetto terribile vederla cosí, non riesco proprio ad abituarmi a questo suo nuovo corpo.

– Va meglio? Come ti senti? Ti ho portato i cornetti e la marmellata di visciole, quella che piace a te, – mi dice con un sorrisone.

Non le rispondo nemmeno.

Mi alzo e guardo fuori dalla finestra. È proprio una bella giornata, il sole riscalda le mie vecchie ossa. Giú nella valle i contadini lavorano nei campi di riso e i buoi tirano gli aratri in un mare di fango. Le donne lavano i panni accucciate sulle grosse pietre levigate dal fiume.

– Ti piacerebbe fare una passeggiata? – mi chiede mia mamma mentre imburra una fetta biscottata.

– Sí, mi piacerebbe molto. Vorrei prendere un po' d'aria.

– Presto sarai operato. In pochi giorni ti sentirai meglio, poi andremo a fare un viaggio. Pensavo di andare in Nepal, se hai voglia, e da lí tornare a casa, in Italia. Cosí potremo stare un po' insieme io e te, potremo tornare a essere amici.

Ho sperato per un momento che avesse cambiato idea.

– Mamma, ti prego, non voglio essere operato. Non mi va di continuare a vivere sapendo che i polmoni con cui respiro non sono i miei. Il viaggio, se vuoi, lo facciamo lo stesso. Ma io non mi opero, – le dico cercando di convincerla.

Non ascolta. Mangia i panini imburrati e mi dice di non essere fifone, non proverò dolore, sarà come levarsi un dente.

– Riposati e stai tranquillo, – mi fa dopo aver finito la mia colazione.

Se ne va sorridendo.

È il momento di agire.

Non posso buttarmi di sotto. Alla finestra ci sono le sbarre. Non posso impiccarmi, non ho corda né ganci. Potrei strozzarmi con il tubo della flebo ma è troppo sottile. Mi avvicino all'interruttore della luce e con l'ago della flebo riesco a svitare le viti che lo incastonano al muro. Lo smonto. I fili elettrici sembrano vipere cattive nella loro tana.

Ecco il mezzo con cui metterò fine a questa vita randagia e sfortunata.

Addio ragazzi e grazie di avermi seguito fino a qua!

Mi faccio il segno della croce e mi attacco ai fili come un granchio fellone.

– AAAAAAAAHHHHHHH! – urlo straziato dalla scossa.

Almeno duecentocinquanta volt e non so quanti ampère mi attraversano come fossi un conduttore di prima specie. La carne vibra al passaggio degli elettroni e scosse tetaniche mi contraggono la muscolatura. Che dolore tremendo!

– AAAAAAAAAHHHHHHHH!

Cazzo che elettroshock! Non riesco a morire ma soffro come una bestia. Non è stata un'idea geniale.

Richiamati dai miei urli, entrano due infermieri. Il primo mi afferra per liberarmi e rimane folgorato.

– AAAAAAAAAAAAAHHHHHHHHHHHHHH, – facciamo insieme.

Il secondo decide che è il momento di intervenire per darci una mano, si lancia, anche lui è dei nostri. Urliamo presi dalla forza elettromotrice. È un dolore incontenibile. Entra la cameriera che mi ha portato a pisciare. Ci guarda stralunata.

– Che state facendo?! Smettetela! – dice in tono imperativo e viene a dividerci.

Non vi dico che cosa le succede. Si forma un orribile serpentone. Vibriamo e tremiamo in una danza tribale.

Io, che sto in questa situazione da più tempo, ormai friggo e dalle mie orecchie si alzano spirali di fumo. Finalmente qualche santo stacca l'interruttore generale.

Cadiamo a terra abbrustoliti.

Il risultato del mio tentativo di suicidio è che mi hanno messo la camicia di forza. Hanno detto che ho tendenze antisociali e autodistruttive. Sono un pericolo per la società, per la fauna in estinzione, per la foresta amazzonica. Mi hanno imbottito di psicofarmaci e passo tutto il giorno a dormire.

Non so piú quanto tempo è passato, ho perso il conto, sono troppo rimbambito.

Mandrie di infermieri e medici passano nella mia stanza, mi guardano, confabulano, prendono appunti e se ne vanno.

La notte ogni tanto mi riprendo. Vedo la luna attraverso le sbarre, a tratti il gracidare delle *Eminochirus indiae* in amore e lo sciacquettio dei gorghi giú nel torrente arriva portato da brezze leggere. Intorno a me nulla si muove e la pace si impossessa del mio cuore.

Domani è la grande giornata, il momento dell'operazione è giunto. Non sono stato in grado di oppormi e questo mi riempie l'animo di un dolore cosí profondo che tutto pare vacillare e perdere di significato.

– Allora Marcolino sei pronto?

Mi hanno imbottito di sedativi e non riesco a rimanere sveglio. Apro faticosamente gli occhi. Sono su una barella che corre veloce lungo i corridoi della clinica. Mia madre mi cammina accanto.

Provo a buttarmi giú ma sono legato con delle fasce. Il portantino mi spinge attraverso i padiglioni dell'ospedale. Mamma continua a camminarmi accanto.

– Dove mi portate? – urlo in preda al panico.

– Ti operano, – risponde mamma.

– No, no, no, no, no. Lasciatemi. Fatemi scendere.

Ma non c'è nulla fare. Non hanno un minimo di pietà.

– Bastardi, figli di puttana, rotti in culo... – impreco disperato.

La paura mi ha ghiacciato i testicoli e riempito i vasi di adrenalina. Mi sto cagando sotto dalla strizza.

Svoltiamo a destra in un corridoio buio, poi a sinistra attraverso delle corsie. Mi dimeno facendo sbandare la barella.

– Figli di puttana, bastardi.

Ci fermiamo davanti alla porta di un ascensore.

– Giuro che la pagherete. Non avrò pace finché...

Un rumore forte m'interrompe. Il soffitto trema come sotto le scosse di un terremoto e si spacca. Un tonfo.

E il colpo di scena.

Sarwar, come un immenso orango, precipita sul portantino attraverso una breccia nei pannelli del soffitto. Si abbatte con i suoi cento e passa chili sul poveraccio, che crolla a terra.

– Vecchio Sarwar, mio salvatore! – dico sorpreso e raggiante.

L'indiano si tira su e comincia subito a slegarmi. Dal buco Osvald e Livia precipitano sopra l'infermiere, che fa da materasso.

Mia madre è pietrificata.

– Livia, Osvald, che felicità rivedervi.

– Ti abbiamo conosciuto in pigiama e ti ritroviamo vestito nello stesso modo, – dice Osvald.

– Ragazzi, giuro su Dio, dopo la vittoria dell'Italia sul Brasile in Spagna, questo è il momento piú bello della mia vita.

Livia si guarda intorno agitata.

– Bando alle ciance. Usciamo da questo luogo infernale, – suggerisce.

– Giustissimo, – dico io.

Mia madre comincia a urlare come una pica.

– Dove lo volete portare? Non può, deve essere operato! AIUTOOO, AIUTOOO!!!! RAPIMENTOOO!

– Zitta! – fa Livia e le si avvicina. Ma mia madre non sembra intendere e continua a massacrarci i timpani.

Livia le molla un cazzotto in faccia e poi un calcio nello stomaco. Mia mamma si accascia svenuta sul linoleum.

– Chi è 'sta stronza? Un'altra delle tue sgallettate? – si chiede.

– È mia mamma, – le rispondo imbarazzato.

– Sí, e io sono tua zia!

Lasciamo l'infame autrice dei miei giorni e il barelliere privi di sensi e ce la battiamo via.

Corriamo attraverso i padiglioni. Sentiamo passi che si avvicinano nel lungo corridoio alla nostra sinistra. Apriamo una porta e ci nascondiamo in una stanza.

Una donna sdraiata nel letto ci guarda un po' impensierita. – Siete venuti a cambiarmi le bende?

Ha un accento americano. Deve averci scambiato per medici.

– Oggi doveva venire Subotnik a visitarmi, ma ancora non si è visto. Non sono sicura che questo sia il corpo che mi aveva promesso. Mi sembra che stoni un po' con il mio volto solare. E poi ho le tette scese. Chissà quanti bambini indiani devono aver allattato queste mammelle sgonfie, – continua immusonita.

Gli altri la guardano perplessi, non riescono a capire che cosa sta dicendo.

– Non si deve preoccupare. L'intervento è riuscito benissimo e il corpo che le è stato trapiantato è eccezionale nel suo genere, – dico dandomi un tono professionale.

– Dottore, non sono per niente contenta. Ho un culo che fa piazza: guardi.

Si leva il lenzuolo e si mostra nuda. Non si può dire le abbiano cucito il corpo di Kim Basinger. Sembra un animale mitologico: corpo di tricheco e testa di babbuino.

– Noo! Non è male, signora. Poteva andarle molto peggio.

– Subotnik sarà pure un genio dei trapianti ma non credevo che la materia prima per le sue operazioni fosse cosí scadente. Sono proprio delusa. Voglio subito un nuovo intervento, – continua sbuffando.

– Vedremo cosa si può fare. Non piagnucoli, la prego. Le fisso un intervento per domani. Mi occuperò personalmente di sceglierle un corpo adeguato.

– Lei è un angelo, dottore. Grazie. Lo vorrei 100-60-90.

– Va bene.

Usciamo.

– Ma di che parlavate? Che voleva l'americana? – mi chiede Osvald.

Gli racconto brevemente che cosa mi è successo e in quale inferno di pene e dolori ci troviamo. Sono stravolti.

Continuiamo a inoltrarci, percorriamo corridoi bui che paiono non finire mai. È tutto deserto.

Non riusciamo a trovare l'uscita. Le porte sono tutte chiuse a chiave.

Scatta un allarme. Una sirena minacciosa invade il castello e davanti a noi si materializza un gruppo di arancioni armati di mazze da golf. Scappiamo. In un angolo, dietro una pianta, troviamo manganelli, pugni di ferro e una trousse per il pronto soccorso.

Ora possiamo combattere.

Livia colpisce un bestione con un calcio negli zebedei. Osvald si piega in una posizione di preghiera che incuriosisce gli arancioni e scatta come una molla accasciandone due.

Sarwar ne solleva un paio per il collo e fa sbattere le zucche pelate, generando un suono dolce e armonico. Io colpisco un tappeto con un cazzotto sul mento e mi fratturo la mano.

Riprendiamo la nostra corsa disperata, avanzando a caso in questi corridoi del cazzo. Finiamo in un vicolo cieco ma troviamo una leva. L'abbasso e il pavimento davanti a noi si apre. Sotto, c'è una porta che dà sulle scale di servizio. Scendiamo un sacco di piani mentre la sirena continua a ululare. In fondo c'è una porta chiusa a chiave.

Siamo in trappola, porca puttana.

I nostri inseguitori stanno scendendo anche loro. Il rumore dei passi rimbomba per le scale.

– Forza, Sarwar, sfonda questa maledetta porta!

L'indiano grugnisce e carica. Niente. La porta non si apre e gli arancioni sono solo a due piani da noi.

A lato dello stipite c'è scolpita nella roccia una domanda: «Come si chiamano i sette re di Roma?»

– Ma che domande fanno? Io non lo so, – dice Livia.

– Io nemmeno, – fa Sarwar.

– Io neanche. Io so i nomi dei cantoni svizzeri, – fa Osvald.

– Lo devi sapere tu, Marco. Veloce. Stanno arrivando, – dice Livia.

– Mostraci la tua cultura. Ne va della nostra vita, – fanno Osvald e Sarwar.

Cazzo! Gli esami non finiscono mai. Mi strizzo le meningi. Vedi a fare sega a scuola che succede.

– Allora, sí: Romolo, Numa Pompilio, Tullio Ostilio, Anco Marzio, Tarquinio Prisco, Servio Tullio e Tarquinio il...

Il che? Che era? Il tracotante? Il...? Il bastardo! Non me lo ricordo.

– Dài, forza! Stanno qui. Forza! – urlano gli altri.

Mi concentro e dico: – Il superbo!

La porta, come d'incanto, si apre.

Passiamo dall'altra parte.

Che strano posto.

È un sotterraneo scavato nella roccia. Fiaccole brillano nell'oscurità. Ci nascondiamo in un lato della caverna, dietro enormi tubi di aerazione. Gli arancioni ci sfrecciano davanti.

– Che facciamo? – domando.

– Sotto il castello è pieno di passaggi segreti. Dentro la montagna il fiume fa un'ansa sotterranea e da lí potremo fuggire. Il castello è stato costruito da una setta di Thugs e nelle viscere della roccia è stato scavato un tempio dedicato alla dea Kalí. L'orrendo Subotnik ha comprato il castello e scacciato i Thugs. Sono stati loro che ci hanno spiegato come arrivare. Proseguendo di qua possiamo trovare un condotto che ci porterà alla salvezza, – dice Livia sottovoce.

Ci avventuriamo nell'antro. I condotti dell'aria fanno scudo alla nostra marcia. La caverna si allarga mostrando i segreti racchiusi.

Illuminate da fiaccole appese alla roccia, scorgiamo vecchie catene arrugginite che attraversano l'intera spelonca. Gabbie di ferro pendono dalla volta, all'interno poveri disgraziati piangono invocando pietà. Piú in basso, al centro della caverna, dei tavoli operatori. Parti anatomiche scomposte e sanguinanti sono poggiate là sopra in bell'ordine. Il sangue cola dai ripiani in secchi colmi di plasma coagulato. Alcuni arancioni imbrattati di sangue tagliano con lunghi bisturi le carni, producendo rumori sinistri quando arrivano alle articolazioni. Altri hanno bombole di disinfettante e antibiotici dietro la schiena e spruzzano il liquido sui moncherini ancora vibranti di vita. È una catena di montaggio.

È cosí che mia madre ha acquistato le sue forme avvenenti. Mi sento colpevole anch'io per ciò che ha fatto quella sciagurata.

Le urla dei sacrificati si confondono con il borbottio disperato di quelli appesi in alto. Se l'inferno esiste sarà poca cosa di fronte a questo mattatoio.

Livia piange e gli altri sono pietrificati.

– Dobbiamo salvarli! – dico.

– Non possiamo! Gli arancioni sono troppi, ci prenderanno e faremo la fine di questi sfortunati! – mi risponde Osvald in lacrime.

– Avete ragione. Andate, seguite i tubi e appena trovate una via d'uscita scappate senza voltarvi indietro. Io resto, proverò a liberarli. Voi non lo sapete, non ve l'ho mai detto, ma io sono malato di cancro e mi resta poco da vivere. Sono felice di sacrificarmi per una giusta causa. Questa è una grande occasione, posso riscattare una vita indolente ed egoista. Salverò questi innocenti da un destino spietato. Il mio non è un suicidio: è l'atto finale. Si abbassa il sipario su di me. Ora andate, addio. Vi voglio bene, – gli dico con passione.

Sono sconvolti da questa rivelazione. Non vogliono lasciarmi, dicono che da solo non sarò in grado di fare nulla per quei poveracci. È l'addio piú straziante e doloroso degli ultimi quindici anni di letteratura italiana.

Bacio Livia, con passione, abbraccio forte Sarwar e Osvald.

– Addio fratelli! – dico avvinghiandomi a una delle catene.

Mi isso silenzioso mentre vedo i miei amici scomparire oltre i condotti. Il buio mi è complice e in breve sono a contatto con il soffitto, tra le stalattiti e i pipistrelli. Da qui scendo sopra una gabbia. Il mio peso la fa dondolare. Gli occupanti: due donne, tre bambini e un uomo mi guardano e si agitano.

Osservo meglio: lo sportello è proprio sotto i miei piedi.

– Apri! Apri! Ti prego! Apri!

– Zitti! Zitti, non fate rumore, fate finta di niente, sennò è la fine. Sono venuto a liberarvi, – dico sottovoce. Per fortuna il rumore delle seghe elettriche e le urla di dolore coprono la conversazione. Nei loro occhi vedo la scintilla della speranza riaccendersi come il bruciatore di una caldaia.

Purtroppo c'è un imprevisto: lo sportello della gabbia è chiuso.

Poggio i piedi ai lati dello sportello e prendo con le mani le sbarre. Faccio leva con tutta la forza che ho, rischiando di farmi saltare l'ernia. La serratura finalmente cede e io vengo catapultato indietro, attaccato penzoloni alla porta, a dieci metri da terra. La gabbia oscilla paurosamente e sbatte contro le altre facendo un chiasso infernale. Tutti insieme, vittime e carnefici, si girano urlando. Grida di gioia, bestemmie.

– Scendi di là. È proibito! – mi dice uno dei macellai.

– Sali tu qua! Figlio di puttana!

Prende un telefonino e chiama rinforzi. Faccio uscire i bambini e le donne e ci mettiamo a sedere sopra la gabbia. Poi esce un giovane dai capelli corvini, avrà vent'anni e ha lo sguardo simpatico, mi abbraccia ringraziandomi.

– Chi sei, nostro salvatore?

– Mi chiamano Marco Donati, e tu?

– Deuter.

– Dimmi una cosa, Deuter, conosci una via di fuga?

– No. Sono stato rapito due settimane fa e mi hanno chiuso in questa gabbia. Credo esista uno scolo che arriva giú, fino a valle. Ci gettano i resti dopo le operazioni.

– Dobbiamo recuperare le chiavi per aprire le altre gabbie. Poi penseremo a darcela a gambe.

– Le ha quello con il telefonino. Per far scendere le gabbie bisogna sbloccare gli argani.

Mentre stiamo decidendo il da farsi, appollaiati sulle gambe, un manipolo entra nella caverna.

Mila! Franco! Sono a capo di una decina di cristoni larghi come armadi.

È la fine.

– Allora, mio amante focoso, perché non vieni
qui? Sento tanto la tua mancanza. Scendi giú, –
dice Mila.

– Mai. Se vuoi puoi salire tu!

– Ti farò passare la sete con il prosciutto, allora!

Quant'è bella! Quant'è cattiva però! È ancora
la padrona dei miei sogni sessuali. Peccato che sia
disumana. Anche con quel corpetto di pelle e gli
stivali autoreggenti pitonati.

Una scarica di pallottole interrompe i miei pensieri d'amore. Mila ha tirato fuori un pistolone e ha
preso a spararmi. I proiettili arrivano come gran-
dine a gennaio, rimbalzando contro la volta della
grotta. Cerco di schivarli danzando sopra la gabbia, Deuter fa lo stesso ma un colpo trapassa una
bambina e la madre, che muoiono accanto a noi.

– Infame! – Le lancio addosso prima la bambina
morta e poi la madre, che peserà una sessantina di
chili. Riesce a schivarle.

– Arrampichiamoci sulle catene, – fa Mila a
Franco.

Mi vogliono accerchiare, salendo uno da destra
e uno da sinistra. Prendo lo slancio e salto su un'altra gabbia dove indiani impazziti mi si attaccano
ai piedi implorandomi di liberarli. Non so che fare. Non mi vogliono lasciare, piangono. Mila pro-

segue agilmente la scalata. È in piedi su una gabbia. Con i tacchi massacra le mani di chi prova ad
agganciarla, poi si acquatta e balza sulla gabbia su
cui sono appollaiato.

Cado giú. Fortunatamente ho appreso le tecniche base del free-climbing alla televisione e mi ap-
pendo alle caviglie di Mila. Lei rimane appesa per
le braccia con me attaccato alle sue gambe.

– Mollami, mollami. Ci spiaccicheremo! – urla
cercando di liberarsi. Non ce la fa piú ed è costretta a mollare la presa.

Precipitiamo urlando: – AAAAAAAAAAHHHHH-
HHHHH!

L'impatto con il tavolo operatorio è disgustoso.
Sono finito su un mucchio di frattaglie che però
attutiscono il colpo. Mi libero di un intestino che
mi si è arrotolato intorno al collo a mo' di sciarpa
e cerco Mila.

Dov'è?

Mi volto e uno degli energumeni mi salta addosso mostrando i pugni. Mi molla una pizza che
mi fa girare piú volte. Crollo a terra colpito da una
massa gigantesca. È Franco, la punizione di Dio,
che si è lanciato su di me.

Mi immobilizzano e mi girano verso uno degli
enormi catini che contengono il sangue. Sulla superficie rossa del liquido affiorano bollicine. Dal
plasma emerge Mila che urla inferocita piú di Posei-
done quando esce dai mari. Mila. È impressionan-
te vederla cosí, solo il bianco degli occhi contrasta
con tanto rosso. Tutti i prigionieri dall'alto urlano
e piangono rendendo tutto piú assurdo.

– Me lo ammazzate, per favore?! – dice.

Franco prende un bisturi. Chiudo gli occhi. È finita.

Un colpo, poi un altro.

Riapro gli occhi.

Sarwar mulinella in aria una coscia con la quale ha scaraventato Franco molti metri piú in là. Anche Mila è a terra e si massaggia il grugno.

– Siamo ancora qua! Credevi che avremmo potuto lasciarti?! – dice Osvald mentre combatte con uno scaricatore del porto di La Spezia.

Mi tiro su i pantaloni e parto all'attacco con rinnovata energia.

Livia intanto toglie i fermi agli argani. Piano piano le gabbie, una alla volta, scendono a terra cigolando. I prigionieri urlano e ci incitano. Affronto il chirurgo che ha le chiavi, manovra una sega elettrica cattiva. Prendo dal tavolo un lungo femore e mi lancio addosso al chirurgo. Schivo la sega e lo colpisco sul centrale, proprio in mezzo agli occhi, facendolo crollare a terra.

Riprendo la lotta.

Le crocche volano, i cazzotti fischiano.

Apro le gabbie. I poveracci mi baciano e mi abbracciano. I miei continuano a menare e gli arancioni non sono da meno.

Mila affronta Livia.

Si studiano spostandosi nella grotta con passi felpati. Allargano le braccia. Si mostrano i denti. Si avvicinano e si allontanano lentamente. Sono entrambe bellissime, come due fiere selvagge. Mi siedo ammirato a guardarle e cosí fanno tutti gli altri: vittime e carnefici.

Mila spicca un salto di diversi metri roteando

su se stessa ma Livia è lesta a spostarsi balzandole a un lato. Gli artigli di Mila riescono solo a strappare la maglietta di Livia lasciandola in topless.

Applausi a scena aperta.

– Brava, brava, bene, ancora! – urliamo.

Mila si offende un po' perché i nostri occhi sono tutti puntati sui meloni di Livia. Con un urlo satanico si strappa il corpetto di cuoio mostrando tette e sangue.

Non so quale preferire e chiedo a Deuter un parere spassionato. Anche lui non sa per chi propendere.

La lotta continua.

Livia scavalca agilmente i tavoli operatori, Mila la insegue colpendola sul collo con un calcio. Livia scivola e cade a terra ormai in potere di Mila.

– Oooooohhhhhhhh! – fa il pubblico emozionato.

Ma la belga è lesta a ritirarsi su e spinge l'indiana sui tavoli tra i resti della macelleria. Prende un lungo intestino e la lega inchiodandola sul tavolo con un set completo di coltelli Shogun.

La folla va in delirio.

– Brava, bene, brava, – facciamo noi.

Riusciamo a sopraffare il nemico grazie allo strapotere numerico. Saremo almeno una trentina tutti insieme.

– Chiamate Cubbeddu, lo voglio subito qui! – urla Mila sotto l'epitelio intestinale.

Devo trovare una via di fuga. Tornare sopra, con questa mandria impaurita, è una pazzia. Sotto una grata di ferro scende un lungo tunnel che si insinua all'interno della roccia. Deve essere il canale che serve per gettare via i resti dei corpi. Scende giú ripido, perdendosi nel buio.

– Di qua. Forza! Facciamo un serpentone, – dico
io richiamando l'attenzione di tutti i prigionieri.

Mi metto in testa, Livia e Osvald al centro e
Sarwar in coda. Ci sediamo uno attaccato all'altro
formando un cordone, ognuno con le mani sulle
spalle di quello davanti.

Una spinta e via.

Prendiamo subito velocità. Scivoliamo sopra
un fiume di sangue urlando come scalmanati. Le
curve paraboliche, le salite e le discese. È meglio
dell'Aquafan di Riccione. Non si vede nulla e comincio a pensare che non debba piú finire e che
la destinazione sia il centro della terra quando improvvisamente sbuchiamo nel nulla. Precipitiamo
e cadiamo in un lago sotterraneo. Per fortuna nessuno si fa male.

Il sangue si stempera nelle acque del lago dan-
dogli un colore marroncino. Una luce flebile passa
attraverso la volta, in alto, rischiarando la cavità
naturale.

Il fetore è rivoltante. Braccia, gambe, teste decom-
poste galleggiano sul liquido. Sono bianche come se
fossero state in candeggina e lunghi vermi bianchi
scavano tunnel nelle carni ormai frolle.

Che schifo!

Mentre ci facciamo largo tra *les morceaux anato-
miques* avvertiamo qualcosa muoversi sott'acqua.

Il terrore come un virus passa dall'uno all'altro
e tutti ci lanciamo verso la riva in preda al panico.

Rettili enormi escono pigramente dalle acque e
si adagiano sui sassi a osservarci, immobili. Sono
coccodrilli. Albini. Gli occhi ridotti a fessure tra
le scaglie candide. Deve essere un adattamento alla

vita ipogea. Sono grassi e cosí sazi che non ci degnano di attenzione, sono quasi spaventati da tutta la vita fremente finita nella loro piscina.

Usciamo e cerchiamo un modo per tornare alla luce del sole e allontanarci da questa gora dimenticata da Dio e dagli uomini.

La situazione non è facile. Sembra non esserci via di scampo. Poi troviamo, dietro un masso, un cunicolo nascosto dalle rocce. Sulle pareti dei graffiti che rappresentano la dea Kalí.

– Questo è il cimitero dei Thugs. Forma una specie di labirinto, tipo le vostre catacombe cristiane, – ci spiega Deuter con orgoglio da cicerone.

Appoggiati vicino l'ingresso troviamo fiaccole e accendini.

Ma un urlo terribile invade la spelonca, poi il rumore dell'acqua che si rompe.

Cinque figuri nuotano allegramente a farfalla, incuranti della macelleria galleggiante e dei rettili.

Escono dalle acque e si schierano in fila di fronte a noi.

Che strana divisa indossano!

Sono vestiti di buste di plastica, legate con il nastro adesivo. Ai piedi portano sandali di gomma, alle mani guanti per lavare i piatti. Hanno elastici intorno alla vita, dai quali pende ogni ben di Dio: martelli, pinze, chiavi inglesi, apribottiglie, torce, corni. Sulle spalle zainetti impermeabili. Per proteggersi gli occhi usano occhialetti da piscina.

– *FORTZA! Gruppo Spurgo Fogne Appilate. A SU ATACU!* – dice in sardo quello al centro basso e tarchiato.

Deve essere Cubbeddu.

Scappiamo come lepri ma siamo in troppi e ho paura che questi professionisti delle fogne siano male intenzionati. Prendo Deuter e gli affido il comando.

– Vai. Portali fuori. Noi intanto ci occupiamo di Cubbeddu e della sua banda.

Si allontanano scomparendo nei cunicoli del cimitero.

I miei sono stanchi e hanno paura, Osvald si vuole arrendere. Ripete che non possiamo batterli, quei diavoli sardi. Allora mi fermo e parlo cosí:

– Ascoltatemi, compagni. Calmatevi. Questo non è uno scontro qualsiasi, qui non si scherza, qui si perpetua l'eterno conflitto. Il bene contro il male. Noi siamo il bene e loro il male. Avete capito? Siamo pedine di una guerra che non ha fine. Noi vinceremo quest'epica battaglia e li rigetteremo nella fogna che li ha generati. Malediranno il giorno in cui sono nati. Forza, per Dio.

Con questo discorso, ridò immediatamente la speranza ai miei uomini che fremono aspettando la lotta.

I sardi si avvicinano e urlano facendo un baccano terribile. Arrivano a pochi metri e aprono gli zaini, da cui escono topi grossi come barboncini, hanno anche il collare colorato.

– Attaccate! – li incitano i padroni.

Devono essere ratti da combattimento perché si lanciano subito al nostro inseguimento squittendo.

Ci rincorrono mostrando i denti aguzzi e il pelame sudicio. Sono rapidi e li sentiamo sgambettare nel fondo umido dei cunicoli.

Per fortuna conosco il verso del loro peggior nemico, il cobra dal collare:

– Ffffffffffffhhhhhhhhh... ffffffffffffffhhhhhhhhhhh...

I topi si fermano impauriti. Sono indecisi. O sono molto intelligenti o sono un pessimo imitatore di cobra. Mi impegno di piú con il rumore della vipera cornuta del Gabon.

– Frrrrrrrraaaaaaaattttttt... ffffffffffrrrrrrrrrraa-atttt...

Se la danno a gambe infilandosi tra i sassi, negli anfratti in cui abitualmente passano i loro giorni.

Ma non è finita, il Gruppo Spurgo Fogne Appilate è alle nostre calcagna, ne sentiamo il fiato alle spalle, puzzano di merda e filuferru.

Sarwar si ferma deciso ad affrontarli. Cubbeddu gli salta addosso e gli altri non sono da meno, in quattro e quattro otto lo hanno legato e imbavagliato. Osvald tenta di fuggire in un cunicolo ma il piú grosso gli lancia un fustino del Dixan riempito di escrementi, facendolo ruzzolare a terra a invocare pietà. Legano anche lui. Livia combatte con ardore ma Cubbeddu le molla senza nessuna cavalleria un cinque che la lascia rimbambita a terra. Eccola legata come un salame insieme agli altri.

Chiudo gli occhi e alzo le mani in segno di resa.

Improvvisamente un'idea mi folgora come un lampo a ciel sereno. Canto:

«*Ti t'adesciae 'nsce l'endegu du matin*
ch'à luxe a l'à 'n pé 'n tèra e l'atru in mà
ti t'ammiaé aou spegiiu de n'tianin».

Rimangono interdetti, affascinati.

Non se lo aspettavano. Li ho colpiti diretto nelle origini. La nostalgia è una bestia traditrice. Il pensiero di un accordo di mandolino, del basilico, di un piatto di fusilli basta a risvegliarla e ci si sente subito soli e sperduti in terra forestiera.

Vorrebbero colpirmi e ridurmi come gli altri ma questa strofa arcana ha aperto una breccia nelle loro anime semplici.

– *Chi ni sesi tui? Ita ses fa endi in custa galeria? Comenti mai tu istionas sa nostra lingua? Cantame un atru arrogu*, – fa quell'orco di Cubbeddu aggrottando le sopracciglia folte e nere.

Non ho capito bene che cosa mi ha chiesto ma gli spiego che anch'io sono italiano, che siamo paesani. Stessa nazionalità, stesse origini.

È indeciso sul da farsi.

Rinsaldare i legami con la patria lontana, oppure rispondere agli imperativi dovuti alla posizione, al lavoro, all'impegno. La sua anima è squassata da un interrogativo amletico.

Mi gira intorno guardandomi meglio, avvicinando il nasone al naso. Sono immobile.

– *Cantame un atru arrogu!* – mi ordina.

Io allora riprendo a cantare cercando di interpretare il pezzo nel migliore dei modi.

«*Ou cé ou s'ammia a ou spiegiou da ruzà
ti mettiaè ou brúgu réddentu'nte 'n cuxina a stria*».

Cubbeddu stacca dalla cintura le launeddas e si siede. Attacca a suonare prendendo subito un rit-

mo incalzante e melodioso che si libera nel cimitero sotterraneo.

Le launeddas, per chi, al solito, non lo sapesse,
sono uno strumento aerofono a tre canne in uso
nella musica popolare sarda. La canna piú lunga è
un bordone mentre le altre due, una libera, l'altra
legata al bordone, sono munite di quattro fori qua-
drangolari. Anche queste ance si suonano con la tecnica della respirazione circolare come il didgeridoo.

Cantiamo e balliamo tenendoci a braccetto e non
andiamo niente male, porca miseria.

Sarwar, Osvald e Livia vorrebbero partecipare e si agitano sotto le corde. Il piú alto dei sardi
improvvisa un balletto tradizionale del Nuorese.

Cubbeddu ordina alla sua banda di liberare i miei
amici. Ci offrono del filuferru. Beviamo alla loro
salute. Tutto si è risolto in una festa tra paesani.

Gli racconto che la mia famiglia proviene da un
piccolo paese vicino Arbatax. È la fine, questo non
dovevo dirglielo, fino a che credevano fossi uno del
continente si erano controllati nelle effusioni, ma
ora che sanno le mie origini sarde trattengono a
stento le lacrime. Sono persone proprio sensibi-
li sotto questa scorza di pelle, peli ed escrementi.

Cubbeddu ci presenta i componenti del gruppo.
Bachisio, Jaime, Efisio, Gavino.

Fanno l'inchino. Anche noi ci presentiamo.

– Caro Cubbeddu, stiamo scappando da quella
associazione di pazzi criminali. Volevano trapian-
tarmi dei polmoni nuovi ma sono riuscito a scappare grazie all'intervento tempestivo dei miei compagni. Siamo pochi ma valorosi e abbiamo molte

cose in comune con voi: anche noi lavoriamo nelle fogne e negli scarichi. Suoniamo negli spazi angusti dimenticati dagli uomini ma non dagli animali. Siamo un gruppo di musica d'avanguardia innamorato dei sotterranei, dei loculi e degli anfratti. La poetica della cloaca ci dà alla testa, come a voi, credo. Unitevi a noi, combattete insieme alla Banda dell'Ascolto Profondo! Solo insieme potremo tirare fuori dalla sua tana l'orrendo Subotnik e sconfiggerlo.

Si consultano nel loro gergo incomprensibile e poi ci comunicano che ci daranno una mano. Non gli è tanto difficile tradire l'infame Subotnik perché, ci spiegano, li paga uno schifo e li tratta come extracomunitari.

– Evviva! Evviva. Hip Hip Urrah! – facciamo tutti insieme.

E in fila indiana riprendiamo il cammino attraverso la catacomba, in silenzio, con in cuore incertezza e aspettative per un futuro ancora da definire.

Che gesta gloriose ci hanno uniti in questa lunga giornata. L'amicizia, la solidarietà e la consapevolezza di appartenere tutti alla specie umana ci uniscono.

Basta uno sguardo per capire che in questo momento tutti noi sentiamo le stesse, intense, emozioni.

Quando usciamo fuori il cielo è di un blu dolcissimo e l'aria è aromatica e frizzante.

La valle risplende, tiepida, sotto i raggi gioiosi. Il rumore delle acque chiare e il ronzio dei calabroni in amore e delle farfalle colorate riempie le nostre orecchie assetate di natura, stanche delle urla dei dannati e delle grida di dolore. I mandorli in fiore, i pini collosi di resina, le olive acerbe si fondono creando odori struggenti per i nostri cuori affaticati.

Ci incamminiamo tra i prati in fiore, le messi e le greggi. La valle ci si spalanca davanti mostrando un paesino di capanne tra due costoni rocciosi.

Le strade polverose sono piene di uomini, donne, bambini, cani, uccelli e ramarri. Ci attendono alle porte del villaggio. È un'entrata trionfale e noi siamo gli eroi di questo carnevale.

Deuter, il giovane indiano che abbiamo salvato, ci fa da guida. Entriamo nella piazza del villaggio scortati da due ali di folla che schiamazza per l'emozione di riavere a casa figli, mariti, mogli che credevano di aver perso per sempre. E noi siamo quelli che hanno reso possibile tutto ciò e tutti ci vogliono bene.

La festa comincia.

Fuochi d'artificio colorati si alzano riempiendo il cielo di strisce, scoppiano in alto facendo cadere milioni di stelline accese.

Ma oltre i fuochi, oltre le nuvole soffici, spunta lontano il profilo grifagno del castello, arroccato sulle rocce scure. I nidi degli avvoltoi mi ricordano che il nemico è stato orribilmente ferito ma non ucciso. Vorrei poter partecipare alla gioia che riempie l'anima di questa gente buona, ma sento dentro di me degli oscuri presagi di morte.

Meno male che trovo Livia.

– Per un momento, quando ero prigioniero nella clinica, ho creduto di non poterti vedere mai piú.

È stata una sensazione orrenda. Come posso fare senza i tuoi baci e le tue carezze? È impossibile! – le dico con il cuore gonfio d'amore.

– E allora perché te ne sei andato con Mila? Io ti avevo avvertito, ma sembra che tu agisca in ragione di forze che non si originano nella materia grigia, bensí nel testosterone che ti intasa le arterie. E ora mi sussurri parole dolci come melassa. Lasciami stare, mi hai deluso.

– E allora perché mi hai salvato?

– Lo vuoi proprio sapere? Ti ho salvato solo perché l'amore è un sentimento a cui una fanciulla non riesce a opporsi. Non potevo vivere senza sapere dove eri andato a finire –. Una lacrima le cola in una fossetta.

Che coglione che sono! Ho fatto una stronzata grande come il Taj Mahal ad andare a cena con Mila.

– Hai ragione, ho sottovalutato la passione che mi lega a te. Sai, ho vissuto gran parte della mia vita solo, chiuso tra quattro mura. Non ci capisco niente dei fatti dell'amore. Ecco, ho avuto paura di dipendere da te, ho avuto paura di soffrire. Quando ti ho conosciuta mi sei subito piaciuta tantissimo ma non volevo accettare che una forza misteriosa mi stesse montando dentro: l'amore. E ho pensato che noi due dovevamo restare solo amici. E mi sono fatto prendere dalle curve di quella infame di Mila, dal suo corpo da sballo. Ma anche tu non scherzi. In quanto a curve, lasciatelo dire, mi ricordi la costiera amalfitana.

Tento disperatamente di spiegarle quanto mi è mancata ma le parole sfuggono come bisce.

– Sí, sí, sei bravo a parlare. E allora perché mi scopavi? – dice immusonita.

– Ti prego, basta, non ne parliamo piú. Baciami! – faccio cercando di concludere.

Finalmente mi bacia e le nostre lingue si legano in nodi marinari. Il sapore della sua bocca mi piace moltissimo.

La festa prosegue, ma io mi sento stanco, vorrei riposarmi vicino a Livia prima di andare a cena.

Cubbeddu, Osvald, Sarwar, Gavino e gli altri del gruppo ballano al ritmo di una salsa indiavolata. Acchiappo Deuter che piroetta per la piazza contagiato dalla febbre del sabato sera.

– Non è che hai una stanza dove possiamo andare a sdraiarci cinque minuti?

Ci porta in una bella capanna con tre stanze da letto, cucina, servizi e garage.

– Potete restare qui quanto vi pare, i proprietari sono stati uccisi tutti dall'infame Subotnik. Ora è vuota, fate come se foste a casa vostra.

La casa è arredata in stile hi-tech. Ha un grande televisore a colori con la parabola e un buon impianto stereofonico. Metto su un compact di Terje Rypdal. In salotto c'è la foto dei proprietari. Una giovane donna e un uomo con in braccio una bambina sui dieci anni. Prendo due birre gelate dal frigo. Una per me e una per Livia.

Siamo molto stanchi e ci gettiamo nell'idromassaggio. Ci verso dentro un po' di sali profumati al cardamomo e al cumino.

Ci infiliamo nell'acqua calda. Si sta in grazia di Dio.

La chitarra spaziale del vecchio Terje riempie la sala da bagno mischiandosi con il vapore. Usciamo e ancora nudi ci avvolgiamo tra le lenzuola di seta morendoci dentro, abbracciati come teneri amanti.

Quando mi sveglio è ormai notte, le tenebre sono scese minacciose sul villaggio.

– Forza, preparati, questa sera hanno organizzato un cenone in nostro onore. Si pappa, – dice Livia che si sta facendo carina. Mi piace vederla truccarsi, mettersi il rossetto.

Mi fa venire delle voglie strane, ma Livia dice che non c'è tempo e che sono un maniaco sessuale. Visto che non si può fare robetta le rivolgo una domanda che mi frulla in testa da quando ho rivisto il gruppo:

– Come avete fatto a sapere dove mi trovavo? Chi ve lo ha detto?

– È una lunga storia, mi sono macchiata di un terribile delitto per amor tuo. La vuoi veramente sapere?

– Sí. Ti prego.

– Allora, mentre ti racconto, vestiti. Dentro quell'armadio troverai dei vestiti tradizionali della regione.

Livia si siede sul letto e attacca:

– Quando ho saputo che te n'eri andato con Mila mi sono sentita triste e abbandonata. Non volevo vederti piú. Il giorno dopo, tu non eri tornato e io ero sicura che ti fossi trovato una nuova fidanzata. Andammo a provare ma non riuscivo a suonare. Anche Osvald e Sarwar erano sottotono, ma non mi dissero niente.

Cominciai a preoccuparmi. Non mi fidavo di quella donna e sapevo che tu eri un gran pollo, ma non avevamo la piú vaga idea di dove cercarti. Ho provato a chiamare casa Oberton chiedendo di Mila ma mi hanno risposto che era partita e non sapevano quando sarebbe tornata. Abbiamo girato un po' per Delhi cercandoti in tutti i locali, quelli alla moda e quelli malfamati, nei piano-bar, nelle discoteche e nelle paninoteche.

Osvald diceva di andare alla polizia a denunciare la tua scomparsa, ma poi abbiamo deciso che non era il caso. Le forze dell'ordine sono sempre corrotte.

Mi venne un'idea: perché non chiederlo direttamente a Wall Oberton, il padre di Mila? Sapevo che era un gran mandrillo. Lo avrei convinto a rivelarmi dove era sua figlia e forse anche che fine avevi fatto.

Sarwar si oppose con ogni forza a questo progetto, mi diceva che quell'uomo è un tipo pericoloso, uno stupratore di ragazzine. Gli dissi di rilassarsi, che io non sono una ragazzina e so il fatto mio.

Lo sapevo anch'io che Oberton è un osso duro, ma ero sicura che lo avrei fatto parlare, con le buone o con le cattive.

In quei giorni, nell'ansia avevo guardato nella tua borsa cercando degli indizi. Non avevo trovato nulla.

Solo attrezzatura per acquari e un libro sui pesci del continente indiano. Lo lessi avidamente e dentro vi trovai ciò che mi serviva: lo *Pteropteris Sfinteris analis*.

– Lo conosco benissimo! Il pesce padulo! Questo è il suo nome volgare.

Il pesce padulo, per chi non lo sapesse, è un pesce che vive in India, negli acquitrini limacciosi. È lungo una trentina di centimetri, ha il corpo allungato e cilindrico e la testa fallocefala e grazie appunto alla sua forma fallica vive rintanato nei pertugi piú stretti. È pericoloso e va tenuto a debita distanza. Se viene tolto dall'acqua ha la tendenza a cercare riparo in tutti i buchi che gli si parano davanti. Soprattutto all'interno del condotto anale o vaginale dei pescatori/trici o dei malcapitati che passano da quelle parti.

È rapido e quando è dentro allarga le squame ed è molto difficile tirarlo fuori essendo viscido e determinato. Entra nell'intestino e lí comincia a divorare la mucosa gastrica: alla fine si muore di emorragia interna. Lasciatelo perdere! Questo è il mio consiglio.

Livia riprende a raccontare.

– Andai in un negozio di animali e comprai un esemplare di *Pteropteris* bello grosso. Blu e giallo. Mi guardava con aria sognante, sperando di potermi un giorno penetrare. Lo portai a casa e lo misi nella vasca da bagno.

Poi telefonai a Wall Oberton, spiegandogli chi ero, ricordandogli che poco tempo prima avevo suonato con la mia banda al compleanno della figlia. Si ricordava di me. Gli chiesi se poteva concedermi un po' di tempo. Avevamo bisogno di ingaggi e forse avrebbe potuto darci una mano, gli dissi. Era contento, mi rispose, che avessi pensato a lui. Mi invitò a cena, cosí avremmo potuto parlare.

La sera stessa venne a prendermi con una limousine. Prima di uscire catturai il pesce padulo

e facendo molta attenzione gli legai una cordicella
alla coda, poi lo infilai in una busta piena d'acqua
che misi nella borsa.

Mi ero vestita sexy, solo una maglietta di seta trasparente e una minigonna. L'autista mi fece salire.

Quando entrai nella macchina lui era spaparanzato sui sedili di velluto rosso e beveva champagne.

Un bell'uomo, Oberton: molto giovanile, lo hai
visto anche tu, quella sera poi era in gran forma.
Un fisico possente: somigliava un po' a Marlon
Brando con il suo naso aquilino. In auto, mentre
percorrevamo le vie intasate dal traffico, si sentiva solo un clavicembalo che suonava le *Variazioni
Goldberg*. Uno schermo incastonato nel cruscotto
proiettava scene pornografiche.

La macchina si fermò in un vicolo del quartiere
delle spezie, tra casermoni desolati e tende fatte di
sacchi per la spazzatura. L'autista ci aprí le porte
facendoci scendere. Ci spingemmo attraverso i ru-
deri fino a una scala che portava a una porticina.
Quel posto non mi piaceva. Ci aprirono e fummo
dentro. Wall doveva essere ben conosciuto. Lo
trattavano come un re.

Il locale era molto vasto. Lungo le pareti erano
montate enormi impalcature di bambú che saliva-
no fino al soffitto. All'interno della costruzione, su
piú piani, erano state ricavate delle stanzette divise
da drappi di stoffa pesante. A terra erano poggiati
materassi ricoperti da tappeti persiani. Grossi cuscini e candele rosse completavano l'arredamento.

Salimmo fino al quarto piano, dove un intero
padiglione era riservato a Wall. Entrammo in uno

stanzone da cui si vedeva tutto l'enorme locale. C'era un sacco di gente sdraiata a dormire o a fumare l'oppio.

Due camerieri entrarono, chiusero le finestre abbassando dei veli di lino, e portarono bracieri di terracotta, lunghe pipe di bambú e l'oppio.

Ci sdraiammo e fumammo. Mi sentivo molto bene e non avevo nessuna voglia di interrogarlo. Eravamo stesi vicini vicini e i suoi occhi scuri e penetranti mi attraevano. Aveva delle mani grandi e curate, coperte di anelli. Mi diceva cose carine e io ero contenta e l'oppio cominciava a fare effetto, la testa mi girava da morire. Mi aiutò a fumare reggendomi il capo, mi sentivo stranissima e debole.

Wall parlava di cose che non riuscivo a capire, forse perché ero incantata da quegli occhi da civetta che correvano sul mio corpo. Mi chiese se volevo lavorare per lui. Mi avrebbe pagata bene. Voleva girare un film porno con me come protagonista. Avrei dovuto suonare e fare l'amore con tanti uomini... Risposi che ci dovevo pensare ma mi sembrava la cosa piú normale del mondo diventare una pornostar. Non ero per niente imbarazzata e uno strano eccitamento mi percorreva il corpo seminandolo di brividi perversi.

Non pensavo piú a te, alla missione, non pensavo piú a nulla, solo ad accoppiarmi con quell'uomo.

Non avevo mai fumato l'oppio e il suo effetto mi piaceva un sacco. Ma mi piaceva anche lui, con quello sguardo e quei movimenti posati e aristocratici. Ero una preda, e lui il cobra capace di rendermi sua schiava. Mi afferrò la testa soffiandomi giú un'altra ondata di fumo. La sua mano era salda sulla nuca. Mi baciò con violenza. Chiusi gli occhi e aprii la bocca. Il suo alito era caldo, sapeva di fumo e alcol. La sua lingua si intromise con prepotenza nella mia bocca. Ero eccitata e paralizzata nello stesso tempo. Cominciò a tempestarmi di baci, sul collo, sul mento, sugli occhi. Mi teneva per i capelli. E io ero solo una bambola pronta a tutto, stretta fra le sue braccia possenti. Mi levò freneticamente la camicetta e la gonna e mi strappò le mutande. Nuda, bagnata e indifesa davanti a uno sconosciuto. Volevo che mi facesse sua.

Poggiò le sue mani enormi sui miei seni turgidi e li strinse brutalmente, facendomi male. Era un animale selvatico. Mi morse i capezzoli facendomi strillare di dolore. Sapevo che avrebbe potuto farmi male ma questo, invece di intimorirmi, mi spingeva ad andare avanti.

Mi fece fumare ancora. Cominciai a spogliarlo, levandogli la giacca e la camicia. Sul torace aveva muscoli asciutti e rapidi. Stavo per sfilargli i pantaloni quando si allontanò di scatto, lasciandomi insoddisfatta, in attesa come una cagna in calore. Era nascosto dalle tenebre e solo il contorno del volto spigoloso era illuminato debolmente dalla luce fioca.

Un rumore strano e continuo che all'inizio non avevo percepito colpí la mia attenzione. Come quello di un rasoio elettrico. Da dove veniva? Non ci pensai tanto e seppi dire solo: «Vieni! Vieni! Ti prego! Ho bisogno di te. Dimmi che sono una troia, una zoccola».

Allora si avvicinò e il suo corpo fu inondato dalla luce tremula delle candele. Tra le gambe aveva un pitone d'acciaio. Un enorme fallo di nichel-cadmio e alluminio anodizzato. Una protesi smisurata, che vibrava ronzando. Le maglie metalliche lo snodavano all'insú producendo un'erezione mostruosa. La testa di quell'oggetto di piacere luccicava e intravidi la mia faccia allucinata riflessa sulla liscia superficie del glande meccanico.

Mi sembrava impossibile. Avevo paura. Ero pietrificata. Wall avanzò verso di me con quel coso vibrante tra le gambe.

«Non avere paura, vieni qui, – mi disse. – Proverai piaceri nuovi, rilassati».

Avrei voluto scappare, ma ero prostrata di fronte a quel cazzo fatto di tecnologia siderurgica, come una vergine sacrificale di fronte a un totem d'acciaio. I suoi occhi di fuoco mi stregavano e mi piegavano ai suoi desideri. L'oppio mi rendeva debole e non riuscivo a muovermi. Lui si osservò il cannone e poi se lo prese tra le mani.

«Non fa male. Vieni qua», disse con la sua voce bassa.

«Ho paura. Non voglio», risposi.

«Fai fare a me», continuò.

Era gigantesco. Non si poteva proprio. Eppure, sotto la paura, avvertivo una strana voglia masochistica e perversa di sentire vibrare dentro quell'oggetto tecnologico. Ero sconvolta di me stessa. Tremavo ed ero attratta nello stesso tempo.

Si avvicinò e mi afferrò. Io ero un animalino selvatico, un coniglio chiuso tra le mani di un cacciatore cattivo, ero pronta a morire.

Mi obbligò a fumare ancora.

«Ora ti farò godere», continuava a ripetere.

Mi sdraiò sul materasso e mi accarezzò. Ero di ghiaccio. Il cuore incominciava a rallentare. Mi dava piccoli baci sul collo, sopra le orecchie.

«Calmati. Calmati. Vedrai...» ripeteva.

Poi cominciò a masturbarmi. Mi allargò le gambe. Io opponevo sempre meno resistenza. Mi avrebbe fatto morire, ne ero certa, forse di dolore forse di piacere. Chiusi gli occhi mentre lui mi divaricava le gambe. Il pene meccanico ora vibrava piú rumoroso.

Lo poggiò lí, ma non mi prese subito. Sentivo la testa di acciaio fremermi tra le gambe. Wall mi teneva stretta per i fianchi, sotto quel coso enorme. Ansimavo e non volevo ammettere che stavo aspettando il terribile momento.

E finalmente quel momento arrivò, mi prese.

All'inizio piano e poi con decisione e tecnica me lo cacciò dentro. Era impossibile. Ora lo avevo tutto dentro. Urlavo. Mi mise una mano sulla bocca. Gliela morsi a sangue. Il dolore si fondeva con il piacere, non riuscivo a capire dove cominciava l'uno e finiva l'altro. Il supporto tecnologico mi martellava a colpi d'ariete, lo sentivo vibrare dentro di me, morivo e rinascevo mille volte.

«Sei una gran porca. Dillo! Dillo!» mi urlava nell'orecchio e io dicevo: «Sí, è vero. È vero. Sono una gran porca!» Mi strinsi a Wall chiudendo l'appendice tra le gambe. Ci morii sopra, godendo, infilzata da quel chiodo meccanico. Anche Wall sentí qualcosa perché mi strinse piú forte e incominciò a tremare sotto un'onda di piacere elettrico che dalla protesi saliva su per la schiena fino a incendiargli l'encefalo. Poi rimanemmo stremati sul materasso. Ero sudata e soddisfatta. Che scopata! Mi addormentai.

Quando mi risvegliai mi ricordai perché ero lí, che quello era un gran bastardo e io avevo un lavoro da compiere. Forse il sonno aveva ripulito gli effetti dell'oppio perché mi sentivo finalmente lucida.

La borsetta era là, buttata da una parte e mi ricordava che cosa dovevo fare.

Andai in bagno, lui non mi degnò di uno sguardo, stava oliando soddisfatto il suo coso d'acciaio.

Doveva averglielo montato l'orrendo Subotnik, che prima di cominciare a occuparsi di trapianti aveva lavorato per breve tempo nel campo delle protesi cibernetiche.

Tirai fuori dalla borsa il pesce padulo. Anche lui quanto a dimensioni non scherzava. Lo levai dalla busta e lo serrai in una mano, nell'altra tenevo il capo della cordicella assicurata alla coda. Rientrai e mi avvicinai a Wall, sembrava stremato ma appagato. Lanciai il pesce sul materasso, Oberton neanche se ne accorse.

L'animale, impaurito, cominciò a scivolare sul tappeto in cerca di un buco in cui nascondersi. Era rapido e quando incappò nel corpo dell'uomo non ebbe esitazioni, gli sparí tra le gambe infilandosi nell'ano.

Oberton urlò, sentendosi penetrato. Non si era accorto del pesce. Si girò cercando il suo sodomizzatore, ma non trovò nessuno. Tentò di alzarsi, ma non poté. L'animale era quasi completamente sparito nello sfintere, solo la coda trasparente spuntava fuori.

Era uno spettacolo orrendo a vedersi.

Trattenevo il siluro per la corda impedendo che gli scomparisse nelle viscere.

«Aiuto! Aiuto! Salvatemi. Mi sodomizzano!» gridava incredulo e spaventato.

«Non urlare. Rilassati. Quello che ti incula non è lo spirito degli innocenti che hai ucciso ma un pesce padulo che si nutrirà delle tue budella.

«Se stai fermo io posso farlo smettere. È legato a un cordino. Se voglio lo tiro fuori, se decidessi invece di lasciarlo agire tu moriresti contorcendoti come un verme. Quindi rilassati e rispondi alle mie domande!» gli intimai mentre lui, poveraccio, tremava e ringhiava allo stesso momento.

«Brutta puttana del cazzo! Ti ucciderò, lo giuro. Levami questo coso dal culo. Mi fa un male cane».

«Smettila. Dimmi dov'è tua figlia. Dov'è Marco Donati?» gli chiesi mentre lui si agitava e inciampava nella ferramenta che aveva attaccata davanti.

Trattenevo il pesce per il cordino.

«Troia immonda, estirpami questo animale dal culo. Te lo ordino!» urlava impazzito di dolore.

«Rispondi alle domande. Poi lo leverò», ripetevo fredda.

«Vaffanculo. A me non mi comanda nessuno», piagnucolò.

Allora, visto che non riuscivo a farlo parlare, lasciai un po' di corda al pesce padulo che gli risalí piú in alto nel retto. Oberton avvertí il passaggio della micidiale bestia e cominciò a piangere disperato.

«Levamelo! Levamelo! Levamelo!»

«Parla o do piú corda».

«Non so dove sia Mila, né quell'altro. Non so nemmeno chi cazzo è! Lo giuro su mia madre. For-

se è andata da Djivan. Sarà con lui sicuramente.
Non mi dice mai dove va. Fa come le pare. Lo giuro su mia sorella».

«Djivan Subotnik?»

«Sí, sí, lui, lui. Ti prego, fai qualcosa, dài pace alle mie sofferenze. Ti scongiuro».

«Dove sta l'infame Subotnik?»

«Nella sua clinica. Alle falde dell'Himalaya, al confine con il Pakistan. Vicino Ranasci. Te lo avrei detto anche se non mi infilavi questo merluzzo nel culo...»

Parlava con difficoltà, supino, si teneva le mani sulla pancia. Faceva una pena del diavolo. Aveva detto la verità: doveva essere estraneo alla tua scomparsa. Decisi di ritirare fuori l'animale. Il cordino era teso allo spasmo. Vibrava come una corda di violino. Il padulo aveva una forza enorme e quando cominciai a fare forza per ritirarlo fuori, lui fece maggiore resistenza aprendo le spine e le squame appuntite.

Il povero Oberton urlava come un maiale scuoiato vivo. Diedi uno strattone e il cordino si spezzò. Rimasi come una scema con quel filo in mano. Non potevo piú fare nulla per lui: era destinato a morire.

Urlava straziato dal martirio e si agitava sotto crampi che lo facevano barcollare come una zattera alla deriva in un torrente di montagna. Cominciò a perdere sangue dal sedere e poi a sputare pezzi di mucosa gastrica per terra, sopra i tappeti antichi. L'animale continuava a farlo a brandelli. La cosa piú orrenda a vedersi fu che quei dolori e quegli spasmi cominciarono a dare vita al fallo meccanico che si eresse ronzando senza controllo.

Morí cosí, sputando gli intestini e le viscere mentre la protesi impazzita lo trascinava per tutta la stanza sferragliando e cigolando. Quando crollò a terra ormai cadavere quell'aggeggio piantato tra le gambe continuava a muoversi ancora, insensibile alla morte del suo padrone.

Trovai i miei stracci e mi rivestii in fretta. Riuscii a scappare approfittando dell'oscurità. Avevo quanto basta per trovarti.

Non volevo ucciderlo, fare l'amore con lui mi era piaciuto. Volevo solo delle informazioni. Brutta storia.

Nel tempo che Livia ha impiegato a raccontare, mi sono vestito e spogliato dodici volte.

– Che storia allucinante! Certo potresti tranquillamente smettere di fare la musicista e diventare una scrittrice di libri porno. Sai, quelli da cinquemila lire, che si comprano alla stazione. Hai un futuro, lasciatelo dire, – dico io acido.

Ma l'avete sentita? Godevo, sono una troia, mi fece morire e rinascere mille volte. Ma chi è? È una gran puttana, aveva ragione la buon'anima di Oberton.

– Che vuoi dire? Hai qualche problema? Ti dà fastidio che ho scopato con Oberton? No, ti prego, dillo, – mi domanda Livia furente.

– Niente... Niente... Lasciamo stare.

Sono costretto a mangiarmi la lingua. Anch'io ne ho fatte di cazzate. Altroché se è importante la dimensione dell'uccello. Forse potrei farmelo montare anch'io un coso del genere, anche se mi impaccerebbe un po' nei movimenti...

Mi guardo allo specchio. Faccio la mia figura con questo turbante di seta nera in testa e il vestito turchino plissettato e i pantaloni a sbuffo. Livia è avvolta in un sari rosso e blu che lascia scoperti solo i piedi.

Usciamo dalla stanza per andare a cena.

Chiamiamo gli altri.

Osvald e Sarwar occupano una stanza. Cubbeddu e gli altri ne occupano un'altra. Sono tutti vestiti a nuovo e quelli del Gruppo delle Fogne Appilate si sono cambiati le buste e lavati.

Fuori è sempre bisboccia e la luna immobile ci scruta silenziosa.

Hanno preparato un vero e proprio festino. Ognuno ha portato qualcosa, chi una capra, chi un tapiro, chi frutta sciroppata, chi verdura e chi uno stomaco vuoto da riempire.

La piccola piazza principale è gremita di lunghi tavoli imbanditi e griglie arroventate, su cui vecchi cuochi indiani preparano polenta e formaggio.

Al nostro ingresso tutti applaudono e ci fanno sedere vicino alle autorità del paese. Il sindaco, il segretario generale, l'assessore alla cultura, la vigilessa, si accalcano uno sull'altro per stringerci la mano. Ci conferiscono una targa per quanto abbiamo fatto. Ringraziamo e aspettiamo gli antipasti, che arrivano subito.

Deuter è seduto tra noi.

– Allora, sei contento di rivedere la tua famiglia? – gli chiedo con il boccone in bocca.

– Sí, sono molto felice. Non mi pare vero di essere riuscito a salvare la pelle ma sono ancora triste.

Mia sorella è stata uccisa pochi giorni fa davanti ai miei occhi. L'hanno tirata fuori dalla gabbia in cui era rinchiusa e l'hanno sventrata. Non credevo di poter resistere a quello spettacolo. Ho sentito il cuore spezzarsi in due e se non sono morto è solo perché sapevo che la mia fine era prossima. Quando sei venuto a liberarci, ho sentito un fuoco riscaldare la mia anima ormai dura piú della pietra. Il fuoco che m'arde è quello della vendetta: non avrò pace finché non vedrò l'orrendo Subotnik schiantato al suolo come l'ultimo degli scarafaggi. Vivo solo per questo --. Gli occhi scuri di Deuter sono iniettati di dolore. Mi mostra una fotografia di sua sorella.

Oddio! Non ci posso credere. Il volto è lo stesso di mia madre. Provo a far finta di niente, ma non ci riesco.

Ho un attacco di asma improvviso e avverto la brutta sensazione che i polmoni siano ridotti a calzini infeltriti. Sbuffo e rantolo come un vecchio bulldog malato di enfisema.

Non posso dirgli che quel viso cosí gentile appartiene adesso a un'altra, che mia madre ha preferito cambiare la sua faccia da mummia con quella piú carina di sua sorella.

Non credo che la prenderebbe bene.

Mentre mangio due cotolette alla milanese ripenso a quella combriccola di pazzi: l'orrendo Subotnik, Mila, mia mamma, Franco alias la punizione di Dio devono essere messi in condizione di non nuocere piú al genere umano. Deuter ha ragione.

L'indiano mi spiega che lui e la sorella sono stati rapiti da Franco e la sua banda di arancioni.

Quando l'infame Subotnik allestí la clinica privata aveva necessità di organi e carne umana per portare avanti gli esperimenti. Comprò a poche rupie dai poveracci morti di fame della valle pezzi dei loro corpi: occhi, reni, fegati e li cucí nei corpi malati dei ricchi occidentali. Acquistava materiale umano come pomodori su un banco del mercato. Con lo sviluppo delle ricerche scoprí di essere in grado di poter formare collage umani. Teoricamente non c'erano limiti ai trapianti di organi, solo la fantasia, e all'orrendo Subotnik non mancava.

La proteina che aveva purificato era una manna e lui la usò come i pesticidi sui campi di grano. Offrí compensi a intere famiglie affinché gli vendessero un figlio, una figlia, una suocera, un vecchio nonno ma fu un insuccesso: nessuno nella valle accettò.

Questo avrebbe dovuto far desistere l'orrendo Subotnik ma non fu cosí. Decise di prendersi con la forza quello che aveva cercato di comprare. Da commerciante di vite ne divenne predone. Mandò Franco, la punizione di Dio, e i suoi pseudoarancioni a rapire tutto il materiale umano di cui aveva bisogno, spargendo lutto e morte nella valle.

Gli abitanti provarono a rivolgersi alle autorità. Quelli che avrebbero potuto aiutarli non diedero loro ascolto, pagati da Wall Oberton.

Deuter fu preso una notte mentre tornava a casa con la sorella piú piccola. Fu legato e sbattuto in una gabbia ad assistere al massacro di sua sorella e degli altri rapiti. La stessa fine sarebbe toccata a lui se non lo avessimo liberato e probabilmente i suoi polmoni erano destinati a me.

– Perché non mi aiutate a sconfiggere l'orrendo Subotnik, a farla finita con questa ingiustizia? Siamo rimasti in pochi. I piú giovani e atletici sono già finiti sotto i ferri, e ora l'infame ha cominciato a rapire anche quelli meno in gamba, – dice Deuter e poi continua piangendo: – Io da solo non posso farcela. Tutti i miei amici sono morti. Il villaggio vuole vendetta. Voi siete i soli che ci hanno aiutato. Vi prego! Dateci una mano a spezzare le reni a quei bastardi!

È uno spettacolo terribile vedere questo giovane che singhiozza. Mi è passata la fame, lascio un paio di bignè di San Giuseppe nel piatto.

– Ragazzi, volete aiutare questo povero cristo? – chiedo in giro.

Sarwar solleva la testa dalle quaglie al curry.

Livia smette di affettare la lonza.

Osvald si pulisce la bocca dalla crema gialla.

Cubbeddu non sente nemmeno, ha la testa affondata in un vassoio di tartine con gli scampi e la maionese, in mano una boccia di filuferru. Dorme.

– Scusaci, – faccio a Deuter. – I ragazzi sono affamati. Non ti preoccupare, ti daremo una mano.

– Sí, è vero, torneremo nel castello e la faremo finita con quei fasci di merda! – dicono tutti in coro, alzando i calici. Cubbeddu grugnisce parole irripetibili.

– È buonissima questa cena! Complimenti ai cuochi! – dice Sarwar.

– Com'è vero. Lo storione in salsa di mirtilli e panna acida mi dà in testa! – dice Osvald.

– Be' ragazzi, ma che dite, questa fricassea di germogli di riso e papaia è la piú buona che abbia mai mangiato! – dice Livia a bocca piena.

– *Custu esti mellusu de su pranju po sa cunfirma de
sa neta, candu nosu papammu su malloru, sa cabra e
tutu is puddas*, – fanno in coro Jaime, Bachisio, Gavino, Efisio.

I miei compagni sono ragazzi semplici, amano
le cose sane della terra, i cibi genuini, il vino sin-
cero. E hanno un cuore d'oro, grande, sí, forse piú
grande di quello del Commando Ultrà.

Hanno detto di sí, affronteranno il mostro pren-
dendolo per le corna, non hanno paura. Io sarò con
loro e insieme, spero, potremo farcela. Deuter può
dormire tranquillo.

Sono contento e butto giú un fiasco di vino dei
Castelli e poi due bicchierini di distillato di tapioca. Mi sento alla grande.

Forse potremmo suonare un po' per concludere questa cena luculliana. Beviamo un po' di vin
santo e facciamo fuori un vassoio di dolci di zucchero, cannella e cocco. Sono gonfio di cibo. Sto
scoppiando.

Poi Sarwar tira fuori il sitar, la fisarmonica, il
trombone, il didgeridoo. Saliamo su un palco costruito per l'occasione, ci accasciamo sui tappeti,
incendiamo incensi e zampironi, i primi per le di-
vinità i secondi per le zanzare.

La folla si accalca alzando in aria gli accendini, le
teste cominciano a dondolare a destra e a sinistra.

– Ehhhhhm, uno due, prova! Brrrrrra Brrrrrra!
Ssssssa Ssssssa! – provo il microfono.

Tutto a posto. Ottimo fonico.

– Vi ringrazio, siete bellissimi questa sera, è la
prima volta che suoniamo da queste parti. Un pubblico caloroso... Grazie... grazie... Siete fantastici.

Applausi.

– Vorremo cominciare con un pezzo di un cantautore italiano a cui va il massimo rispetto: Claudio Baglioni. Il pezzo si chiama: *Questo piccolo grande amore*.

La folla esplode al nome del mitico Claudio.

Incomincia Sarwar introducendo il pezzo con un lungo assolo di sitar, poi entra Livia allungando le note con la fisarmonica.

– *Quella sua maglietta finaaa...* – canto.

– *... tanto stretta al punto che immaginavo tutto*, – rispondono i sardi in coro. Sono saliti sul palcoscenico e si sono messi in piedi e agitano le braccia come vecchi *rappers*.

– *... e quell'aria da bambinaaa...* – io.

– *... che non gliel'ho detto mai ma io ci andavo matto*, – loro.

E via cosí. Alla grande. L'emozione arriva quando l'ottone di Osvald improvvisa su quella semplice melodia.

– *Mi diceva...*

– *Sei una frana...*

– *E lei, tutto a un tratto non parlava, ma le si vedeva scritto in faccia che soffrivaaa...*

Per ultimo sale Cubbeddu, il solista del Nuorese, il virtuoso delle launeddas.

È ancora ubriaco e rantola sbronzo sul palco, crolla, si rialza, vomita in una delle sue buste che chiude e attacca alla vita.

Si accovaccia e tira fuori le ance. Suona come solo lui sa fare: estasi, forse questa è la parola.

Rende Baglioni cosí profondo, ne svela i piú intimi passaggi.

Il finale è al fulmicotone con Sarwar che a tratti ricorda il chitarrista dei Poison.

Intorno il delirio. La folla è eccitata, mi strappa i vestiti, le giovani adolescenti mi baciano. Meno male che Cubbeddu le ricaccia indietro con il suo alito pestifero.

Il secondo pezzo che interpretiamo è dei Creedence Clearwater Revival, molto rock: *Ramble Tamble*.

I sardi sono a loro agio in questo genere *seventy*. Sono molto fiero della nostra larga banda. Vera world music.

Un breve intervallo.

Il valore del concerto cresce d'intensità e qualità quando proponiamo una nuova interpretazione orientale delle *Quattro stagioni* di Vivaldi.

Alla fine il bis: *Le colline di marzo* di Lucio Battisti.

Usciamo dalla folla spargendo autografi a destra e a sinistra.

Salutiamo Deuter e tutti gli altri; si è fatto tardi e siamo tutti stanchi morti. Rientriamo ancora un po' brilli nella nostra tranquilla capanna.

Quanto mi piace questo posto.

Quando sarà finita questa avventura sarebbe il massimo vivere qui con Livia. Tirare su famiglia: un paio di marmocchi che giocano sul prato all'inglese. Potrei allevare salmoni e cosí guadagnarmi il pane. Magari Cubbeddu e gli altri potrebbero smettere di rintanarsi nelle fogne, uscire alla luce del sole, darmi una mano a far crescere i pesci. Sarwar e Osvald potrebbero affumicarli.

Ma non è cosí che vanno le cose della vita.

La fantasia è crudele, si sovrappone alla realtà come carta velina. Sono malato, vaffanculo, ho scelto di non farmi curare in Italia, mi sono ribellato al tentativo di farmi cambiare i polmoni e ora non mi rimane che spegnermi come un cero consumato.

La battaglia, l'amore, l'amicizia, mi hanno ridato voglia di vivere e questo continuo pensare al futuro ne è la prova. La mia fantasia galoppa scatenata sulla certezza della fine imminente.

La voce di Livia interrompe i miei pensieri cupi.

– Allora Marco come stai? Hai una faccia cosí pensierosa. Vuoi andare a dormire?

– Cosí cosí. Hai voglia di andarti a sedere di fuori, in giardino? Andiamo a guardare le stelle?

– Occhei.

Passando per la cucina, prendo una boccia di vodka gelata.

Fuori è bellissimo. La festa è finalmente finita e la pace delle montagne sembra regnare di nuovo indisturbata. Ci sediamo sulle sdraio di bambú. L'odore dei mandorli in fiore è straziante, quasi troppo dolce. Silenziosi spettatori, ci affacciamo intimoriti a guardare il palcoscenico celeste, zeppo di astri luminosi.

Livia mi dà la mano. È carina con quel suo naso all'insú e gli occhi splendenti, pieni di stelle. Chiude le palpebre, piano piano il respiro diventa piú regolare.

Si è addormentata.

Sono solo, con l'anima in subbuglio.

È successo troppo, tutto assieme.

Che cambiamenti rispetto alla mia vita romana.

Trent'anni di paure, incertezze e solitudine si sono dissolti in un mese folle e acrobatico.

So che tutto questo ha un costo, niente nella vita è gratis, come diceva il mio vecchio prima di schiattare.

Le emozioni, le paure, le gioie improvvise, l'amore, l'odio stesso, si pagano con moneta sonante. Questa sensazione di essere vivo, queste giornate vissute pericolosamente, hanno un prezzo molto alto, soprattutto per un malato terminale come me.

Come sono stanco…

Credo che tra poco la vecchia nera verrà a riscuotere il suo credito. Mi ha concesso tutto questo perché sa aspettare, perché sa che poi diventa tutto più triste, più difficile, e questo le piace, la fa impazzire di gioia.

Che stronza!

Ora che ho finalmente assaggiato la vita nelle sue infinite gradazioni e sono assetato di avventura come un naufrago di acqua, mi stroncherà e si prenderà la mia anima.

Ho costruito qualcosa durante questi giorni in India. Ho trovato persone che mi piacciono, con cui mi trovo bene, che parlano il mio stesso linguaggio. Il cuore mi si stringe a lasciarle, mi si trasforma in burro al pensiero di dovermi trovare solo soletto di fronte al buio, di dover affrontare l'eternità. Ho paura, ve lo devo dire. Cazzo, è tutto più difficile ora. Se fossi rimasto a Roma, chiuso nel mio ventre di vacca, probabilmente sarei scivolato nella fine senza rendermene conto.

Il cancro mi porterà via ma non prima che io abbia schiantato l'orrendo Subotnik e la sua banda.

Almeno questo la vecchia nera me lo deve concedere, deve ancora pazientare un pochino.

Quando questa avventura sarà finita mi ritirerò in un monastero in cima alle montagne. Lí, solo, nella meditazione affronterò questo passo cosí semplice da sembrare impossibile.

Sono nervoso.

Domani notte attaccheremo.

Abbiamo ripetuto per mille volte il piano, che è semplice da morire: salire, intrufolarsi all'interno, mettere la bomba e darsi a razzo.

Ne abbiamo comprata una a orologeria dai predoni afgani in dodici comode rate.

– Ragazzi, brindiamo, al domani, a un futuro migliore, alla fine dell'orrendo Subotnik e dei suoi macabri esperimenti, – dico mentre alziamo in alto i calici pieni di Campari soda e spremuta d'arancio e li facciamo scontrare l'uno con l'altro producendo un secco «stock».

Intorno al fuoco a raccontare storie di guerra, racconti di gnomi e fate a Nuoro, gite solitarie nella Foresta nera, assaporo pienamente la sensazione di essere parte di un manipolo di uomini invischiato in una missione sporca ma necessaria.

– Non sarà cosí difficile battere l'orrendo chirurgo e i suoi arancioni. Quando avremo finalmente sistemato tutto, potremo incidere il nostro primo CD. Lo intitolerei *Il gabinetto dell'infame Subotnik*. Vi piace come titolo? – ci chiede Osvald.

– Non male. Potremmo avere come *special guest* in un paio di pezzi il Gruppo Fogne Appilate con le loro launeddas. Cubbeddu sei interessato a un progetto del genere? – fa Livia mentre abbrustolisce un pezzo di polenta.

– *Custa est una bona idea. Unu arrogu lo tzerriasu «filuferru», ita ni narasa?* – fa il sardo.

– Fantastico! Poi potremmo organizzare un tour per tutta l'India e forse spingerci in Birmania, nella valle delle pagode dove vive mio fratello Pranesh. Non sapete come si mangia da quelle parti, – continua Sarwar.

Si continua a parlare di lavoro e progetti discografici.

È proprio una bella serata e i miei amici non sembrano impensieriti dall'arduo compito che li aspetta. Beati loro.

Il richiamo dell'ululone, cupo e lugubre, accompagna gli schiamazzi e le risate vicino al focolare. Le nuvole viola come un livido corrono silenziose sull'enorme schermo della notte.

È duro sentirli parlare cosí.

Questo parlare di futuro, di progetti e di intenzioni mi fa male al cuore, mi strappa gli ultimi brandelli di carne che lo tengono ancora vivo. Un triste presagio di morte mi chiude in un nodo la gola. Vorrei non pensare, mi piacerebbe ridere, fare l'amore con Livia, la mia piccola Livia, ma sento che non ce la posso fare: un'ombra funesta si è posata sulla mia anima oscurandone l'umore. Datemi forza voi, lettori, datemi la forza necessaria per resistere, per sostenere questi tristi pensieri.

Livia mi stringe a sé, forse ha capito che cosa mi gira per la testa. Che donna fantastica.

È tardi, ho voglia di rientrare, questo gelo mi ghiaccia le ossa.

In camera, da solo con Livia, le dico che le voglio bene. Le chiedo di stringermi forte fino a togliermi il respiro. Chiudo gli occhi, sento il suo cuore battere regolare.

Vita! Vita che te ne vai!

Basta, è ora di dormire.

È arrivato il momento. Siamo carichi come muli e vestiti di tutto punto: tutina aderente in acrilico nero, calzature in camoscio e lattice naturale, passamontagna anch'esso nero, guanti, lucido da scarpe sulla faccia, zainetti in cotone nero, attrezzatura da alpinismo, ancore e carrucole, bomba, armi, strumenti musicali, un paio di romanzi di Alberto Bevilacqua e panini con pancetta e maionese.

Pesa una cifra tutta questa attrezzatura, mi sembra di avere sulle spalle un adolescente obeso.

Ma spezziamo chiunque, armati cosí.

I sardi hanno indossato le buste dell'immondizia grigie in modo da confondersi con la notte.

Il cielo è nero e le nuvole sono gonfie d'acqua. La luna illumina un cirro colorandolo d'oro. Il temporale è imminente. Il vento caldo agita le cime degli alberi. Tuoni distanti borbottano rendendo l'aria carica d'ozono e di elettricità. I lampi rischiarano di luce blu le nevi eterne dei ghiacciai e poi si spengono improvvisamente. Il temporale è imminente.

Che notte da cosacchi. S'intona perfettamente con lo scenario che abbiamo di fronte: le guglie scarne della roccia, il castello grifagno lassú appollaiato su questi quattro sassi scoscesi, il richiamo degli sparvieri, il gracchiare dei corvi appollaiati sui merli.

Siamo arrivati alla base della montagna mimetizzandoci tra i rovi, passando attraverso paludi zeppe di malarie e putride sabbie mobili piene di piranha e anaconda.

Non possiamo salire per lo stradino che si inerpica attraverso le rocce fino alla porta del castello, verremmo visti dalle sentinelle che sorvegliano l'entrata. Incediamo per un fronte di roccia non esposto. Osvald è il capocordata, ha una certa esperienza di alpinismo, avendo appreso i fondamenti di questo difficile sport sull'Alpe di Siusi.

Cominciamo l'arrampicata, uniti l'uno all'altro da un cordino di sicurezza.

Si fa subito dura, sarà una parete di sesto, settimo grado della scala Mercalli.

Osvald ci mostra piccoli buchi, spunzoni dove poter poggiare le mani, i piedi, alle volte i denti. I sardi bestemmiano nel loro gergo incomprensibile. Le vertigini li chiamano, gli fanno girare la testa, gli fanno credere che ogni appiglio a cui si attaccano sia infido, pronto a cedere sotto il loro peso, a farli ruzzolare tra gli scogli appuntiti.

– Non demordete, non guardate in basso. Guardate davanti a voi, – fa Osvald per caricarci.

Comincia a piovere, gocce grosse come tazzine da caffè inzuppano la roccia rendendola scivolosa.

Le mura del castello sono ancora lontanissime e noi siamo uno sopra l'altro su una parete perpendicolare.

Livia ha lasciato il gruppo e tenta delle figure di free-climbing. Non la posso guardare. Mi piacerebbe sapere perché ogni volta deve dimostrarci quanto è brava, facendoci morire tutti di paura.

– Livia, ti prego, rientra in cordata, non mi fare incazzare! – sussurro con un filo di voce per non farci sentire.

Cubbeddu bestemmia e dice che in Sardegna nessuna donna oserebbe tanto.

– Torna qua, cazzo!

– Che palle! Queste rocce non sono friabili, non si sgretolano. Non c'è nessun pericolo! – dice Livia, mentre zompetta sopra il nulla.

Alla fine, per farci contenti, rientra nei ranghi.

Continuiamo, in silenzio, chiedendoci che cosa ci facciamo qui.

Arriviamo alla base del castello, dove la roccia si fonde con i mattoni. In alto, sopra le nostre teste, si intravedono un terrazzino e una finestra illuminata.

Sarwar lancia l'ancora che acchiappa la ringhiera del balcone.

Ci tiriamo su, aggrappandoci alla corda. Saliamo tutti sul balcone, dove c'è una porta a vetri. Tagliamo il vetro con il diamante. Entriamo.

Chissà cosa c'è qui?

Un lungo corridoio. Moquette soffice e folta sul pavimento, quadri di Mondrian, Balla, Dalí, Pistacchi alle pareti. Luci soffuse, calde, rilassanti. È un appartamento privato.

Che sfarzo! Che eleganza!

– Cubbeddu, tu che già sei stato nel castello, dimmi: dove siamo finiti?

– *No du sciu.*

Uomo di poche parole, come al solito. Ci incamminiamo attenti a non muovere nulla, soprattutto l'argenteria ammassata sui mobili. Respiriamo piano. Sembra tutto deserto.

Ci sono scale che scendono giú. Rampe di servizio illuminate da tubi al neon.

– Di qua, probabilmente, si scende verso la parte adibita a ospedale, – dice Sarwar sottovoce.

– Boh?! Bisogna trovare un posto dove piazzare la bomba. Deve essere in un punto critico per la struttura del castello.

– Credo che il punto migliore sia vicino alla caldaia. Nella macelleria, di sotto, dove abbiamo liberato Deuter e gli altri c'erano dei grossi condotti di riscaldamento. Non lontano deve esserci la caldaia. Scendendo per le scale, arriveremo fino a là, spero, – fa Osvald parlando piano.

– Allora dividiamoci in due gruppi: Osvald, Sarwar e i sardi, scendete giú, montate la bomba e date trenta minuti di tempo. Io e Livia controlleremo che l'infame Subotnik e la sua banda siano ancora qua. Mi sembra tutto deserto. Se non ci sono, possiamo sempre disattivare la bomba, – dico io.

– D'accordo. Ci vorrà almeno un quarto d'ora per trovare la caldaia piú cinque minuti per risalire, in tutto venti minuti esatti. Quando saremo di nuovo qua, avremo ancora venticinque minuti per calarci e darci come lepri, – dice Osvald affaticato per i difficili calcoli.

– Che ore fai? – chiedo a Osvald.

– Nove e venti!

– E tu?

– Nove e venti!

– Bene, siamo sincronizzati!

– Allora appuntamento qui, mi raccomando, nello stesso posto alle nove e quaranta, – conclude Osvald.

Ci separiamo.

I nostri amici scompaiono per le scale. Livia e io proseguiamo attraverso il lussuoso appartamento.

– Questo dev'essere l'appartamento dell'infame Subotnik, – fa Livia.

Superiamo un paio di sale da pranzo.

Arazzi tessuti a mano scendono dalle pareti. Trionfi di frutta esotica sui tavoli di travertino e acciaio. Sculture romane, micenee, incas si stagliano intorno ai muri in schiere compatte.

Una casa da paura! Manca solo la piscina!

Luci soffuse illuminano gli ambienti, rendendo il tutto un po' asettico.

– È strano, non mi aspettavo che l'orrendo Subotnik arredasse il suo appartamento in questo modo. Sembra la casa di una signora milanese, – dico a Livia perplesso.

Poi una musica invade gli ambienti.

Allora c'è vita! Ah! Meno male.

Ci avviciniamo verso la fonte di quei suoni. Una grossa porta di ebano ci separa dalla musica. Vorrei entrare, ma se ci beccano?

Guardo attraverso il buco della serratura mentre il cuore mi martella in gola.

– Che facciamo, entriamo? – chiedo a Livia.

– Sí. Forza!

Ma questa ragazza non ha mai paura? Io mi sto cagando sotto e lei piú fredda di un ghiacciolo. Apro, cercando di fare il piú piano possibile. Finiamo su un balcone interno che dà su uno stanzone. Il volume della musica è molto alto.

Strisciamo tra ficus, rododendri e piante d'appartamento. Guardo giú, attraverso la balaustra.

Al centro c'è la piscina che mi aspettavo. L'acqua è limpida e invitante. Tra morbidi cuscini e spaziosi divani c'è un gruppo che suona. Le pareti sono affrescate con scene erotiche. Odore di incenso.

Riconosco subito Franco, alias la punizione di Dio, che picchia sulla batteria, mia madre al contrabbasso, Mila al violoncello e l'orrendo Subotnik alla chitarra elettrica.

È proprio lui, ora che lo vedo riconosco anche lui. Bastardo! Eccolo il dottor dolore, il re della macelleria, il mammasantissima dei cummenda, il dispensatore di bellezza, l'inferno dei perdenti.

I capelli gli sono cresciuti da quella volta che l'ho visto a Roma, gli cascano sugli occhi. Indossa una tuta attillata arancione, un bolero coperto di paillette blu e tempestato di strass e due zatteroni ai piedi. Impugna la Fender Stratocaster come fosse un fucile a pompa.

Me l'ero immaginato freddo, impassibile nel suo camice, con il classico atteggiamento da medico nazista e invece sembra il chitarrista dei Kiss.

Suona come un disperato, stuprando la Fender che miagola e piange sotto le sue mani infami. I suoni lancinanti prodotti dalle corde maltrattate si uniscono ai lunghi accordi di Mila.

L'indiana suona praticamente nuda, coperta solo di borchie e lacci, chiudendo tra le gambe lo strumento. Mia madre, in piedi, pizzica il contrabbasso estasiata.

È musica stramaledettamente buona quella che

suonano. Una specie di jazz d'avanguardia, quasi acido, avariato.

Suonano veramente come Dio comanda, anche Livia è d'accordo. Rimaniamo rapiti a sentire gli assolo dell'infame Subotnik.

– Uuuuueeeeeeee uuuuueeeeeeeeeeeeee uuuhhhhuuuu, – fa la chitarra. Quest'uomo è un vero asso.

È tardi. Sono già le nove e mezzo.

Dobbiamo tornare all'appuntamento.

Penso a mia madre che morirà con tutti i filistei. Il matricidio è il piú infame di tutti gli omicidi, questo lo so. Ma è un'assassina ed è giusto che muoia. Con il Padreterno vedrò dopo. Degli altri non me ne importa nulla. Possono morire tutti, soprattutto Mila. Ci rivedremo all'inferno. *Bye bye.*

Mentre torniamo sui nostri passi, entra un gruppo di arancioni che ci sorprende a spiare. Ci circondano, sono grossi come armadi; devono essere stati rimpinzati di anabolizzanti perché hanno pagnotte e sfilatini al posto dei dannati muscoli cristiani.

Rapidamente, senza scompormi tiro fuori il mio kalashnikov armonico (è dotato di dodici corde che suonano per simpatia quando spara, come un sitar) dalla sua custodia di pelle di armadillo e Livia il suo M-16 sporco di fango.

– E allora ragazzi, che si fa? Vogliamo giocare alla guerra? Ehhh? Hai detto a me? Stai parlando con me? – dico ghignando come una iena.

Il sangue, voglio il sangue, per Dio.

Sparo un paio di raffiche sul soffitto distruggendo un lampadario di cristallo di Murano che pre-

cipita nella piscina e un paio di riflettori che illuminano il palco dove suonano l'orrendo Subotnik
e la sua banda di efferati.

Il suono che produce il mio mitragliatore mi ar-
rapa, letteralmente. È una sorta di melodia fune-
bre, le corde entrano in sintonia con l'umore orribile che mi pervade.

L'infame Subotnik smette di suonare e guarda
in alto.

– Subotnik, Subotnik, mi vedi? – urlo abbasso.

– Sí, ti vedo, – dice.

– Lo sai chi sono?

– Sí, sei Marco Donati.

– Ti sbagli, mio caro, io sono il giustiziere della
notte, il Rambo dei poveri, il Clint Eastwood dei
bassifondi. Preparati a rendere l'anima al diavolo,
vecchio bastardo!

– Che vuoi fare?

– Semplicemente farti scomparire dalla terra,
farti prendere il pendolino terra-inferno a te e ai
tuoi scagnozzi. Compresa la mia ex madre!

Mi avvicino al davanzale e per farli stare ancora
peggio gli sparo una raffica tra i piedi.

– Ti è piaciuto lo scherzo che ti abbiamo com-
binato? Ora con cosa li fai i tuoi esperimenti del
cazzo, senza gli indiani? Prega! Inginocchiati! È
arrivata l'ora del giudizio finale.

Li abbiamo tutti in pugno questa manica di bastardi. Quelli davanti a me e quelli di sotto. Tengono tutti in alto le mani. La mia testa, mentre faccio
il duro, va in ebollizione. Gli ingranaggi girano a
duemila. A quest'ora Osvald avrà piazzato già la
bomba? Devo andarmene, ma come faccio? Se li

lascio qui probabilmente mi seguiranno e ci sarà
una carneficina. La bomba salterà in aria portan-
dosi via baracca e burattini. Che casino!

– Livia, uccidiamoli tutti! – dico.

– No, Marco, che fai? Sei impazzito, vuoi uccidere tua madre? Perché mi odi fino a questo
punto? Forse non ho capito, ho usato dei mezzi
sbagliati, ma l'ho fatto per te, perché mi fa impazzire di dolore l'idea che tu muoia portato via
dal cancro. Perché sei cosí cattivo? Non mi vuoi
piú bene? Noi ti volevamo curare, pensavamo di
farlo per il tuo bene. Mi dispiace. Ti prego, non ti
macchiare di questo atroce delitto! Chi sei tu per
poter giudicare? Per poter fare giustizia? Non eri
contro la pena di morte? – dice mia madre ingi-
nocchiata, squassata dai singhiozzi del pianto rotto. Che cosa devo fare? Non riesco piú a pensare.

– Smettila. Vieni giú. Parliamone, possiamo
trovare una soluzione. Se vuoi morire, va bene,
ma perché accumulare morti su morti. Se... –
continua disperata. Il cervello mi è andato fuori servizio, partito per la tangente senza passare
dal via.

– Marco, forza, ripigliati, che siamo venuti a
fare? Ammazziamoli questi cani rognosi. Sei stato
tu a organizzare il piano. Sei tu il capo. Non mollare ora! Porca puttana! – mi dice Livia in preda
al panico.

Oh mio Dio! Non ci capisco piú niente, non
riesco piú a riconoscere i buoni dai cattivi. Vorrei
avere la forza di usare il mitra contro questa gente, ma non ce la faccio. Non ne ho la forza. Sono
un debole, un perdente, un buono a nulla.

– Vattene, vattene Livia. Io rimango, ti copro le spalle. Vai all'appuntamento con gli altri. Addio! – dico.

– No, no, tu vieni con me, se non li ammazzi tu, lo faccio io. Non ti lascio, – fa Livia mentre perline di sudore le coprono la fronte.

– Ubbidisci. Vai. Non voglio sentirti. Muoviti.

Livia prova a controbattere ma sono irremovibile.

– Vai, ho detto!

Si incammina verso la porta a occhi bassi.

Ma dall'altra parte della piscina entrano Osvald, Cubbeddu, Sarwar tenendo in alto le mani, li seguono un manipolo di arancioni che imbracciano artiglieria pesante.

Li hanno catturati.

L'orrendo Subotnik gongola felice, un enorme sorriso gli si stampa sulla faccia. – Molla le armi, stronzo. Se no faccio saltare le cervella ai tuoi amichetti, – dice raggiante.

La situazione è finita a schifío. Butto a terra il kalashnikov, mi arrendo. Livia fa lo stesso.

– Portate giú i due eroi, – continua.

Scendiamo attraverso le scale tenendo in alto le mani. Ci fanno disporre vicino al bordo della piscina. Gli arancioni continuano a tenerci sotto tiro.

– Che dicevi a proposito dei miei esperimenti? Non ho materiale? E tutto questo ben di Dio? Uno, due, tre, quattro, cinque, sei, sette, otto, nove corpi freschi freschi. Anzi otto, perché a te, mio caro Marco Donati, ti squarto sul momento tanto sei avariato, non vali nulla, – minaccia l'infame Subotnik. È una maschera di cattiveria.

Si avvicina tenendo gli occhi abbassati sulle scarpe, poi improvvisamente mi molla un cartone in faccia che mi accascia a terra. Il sangue mi sgorga copioso dal naso.

Bastardo!

Continua a camminare squadrando il nostro gruppo. Si avvicina ai sardi.

– E tu Cubbeddu, traditore, ti ho tolto dalle fogne, ti ho ridato dignità. Pensavo che qualcosa nella tua mente ottusa da *Australopithecus* fosse entrato. Un raggio di luce, uno solo. Niente! Ti ho concesso possibilità enormi e tu che cosa hai fatto? Mi hai voluto pugnalare alle spalle. Giuda. Potevi diventare l'alfiere dell'èra della fanta-istologia, dei trapianti di massa! Il potere, la fama, la ricchezza... tutto ciò poteva essere tuo e invece che ti è rimasto? – dice con gli occhi persi nel vuoto, vacui come acqua stagna.

– Mi scusi molto. *Io sognu servu a voi. Sung ignurante e cafune*, – dice Cubbeddu con la coda fra le gambe. Sembra un bambino cattivo che si è mangiato la marmellata di nascosto.

– E sei pure verme. Viscido, schifoso animale di fogna. Portateli via. Metteteli in gabbia! A pane e aceto.

Devo dire che l'orrendo Subotnik, per una volta, ha ragione. Fa schifo anche a me Cubbeddu. Servo, orrendo servo dei potenti. Mi hai proprio deluso.

La situazione si fa dura. Siamo apparentemente finiti, spacciati, sarebbe il caso che arrivasse il *deus ex machina*, a tirarci fuori da questo impiccio che puzza piú di un merluzzo lasciato al sole.

Mila è inferocita. Finora ci ha guardato senza dire una parola. Anche mia madre si è seduta silenziosa. Mila si avvicina a Livia. La guarda, la scruta, le gira intorno.

– Sei tu che hai accoppato mio padre infilandogli un tonno nel culo?

Vorrei dirle di non essere imprecisa. Come si fa a scambiare un pesce padulo per un tonno! Ma è meglio che stia zitto.

– Ti ucciderò e berrò il tuo sangue. Berrò pure quello del tuo moroso, – ghigna Mila rivolgendosi a me.

– Scusa Osvald, levami una curiosità: la bomba è attivata? – sussurro appena.

Osvald mi guarda e abbassa la testa e fa segno di sí. Cazzo! Tra poco qui succede il panico. Guardo un attimo il Rolex.

Nove e cinquanta.

Ancora un quarto d'ora e poi il botto.

– Che cosa vi state sussurrando? – dice Franco. Ancora non si è fatto sostituire quell'occhio opaco come una perla. Ma che aspetta?

Si avvicina e mi molla una crocca sul grugno.

Cado a terra prostrato di fronte a tanta violenza. Bruto che non sei altro!

– Vi prego, non fate del male al mio bambino! Lasciatelo, lasciatelo! – fa mia madre come risvegliandosi. Allora mi vuole bene! Questa donna è un caso difficile. È contraddittoria. Non riesco proprio a capirla.

– Ma sei idiota? Questo bastardello che hai generato ci voleva fare fuori come cani. E ora tu chiedi di lasciarlo? Ora lo accoppo! – ghigna l'infame Subotnik inferocito.

– Gli altri se vuoi massacrali, ma risparmia Marcolino, ti scongiuro! – continua mia madre imperterrita. Amore materno allo stato puro.

– Basta, sei una rompiballe, non ti voglio piú sentire. Ho fatto male a lasciarti il cervello: è l'unica parte della tua persona che mi disgusta! – inveisce l'orrendo Subotnik.

Non sono completamente d'accordo, anche i suoi vestiti sono piuttosto disgustosi.

Volete sapere com'è combinata?

Blusone in acrilico blu elettrico, maglietta a rete fucsia che mostra le tettone, minigonna stretchata e sandalacci in mogano e corallo.

Questa donna mi farà morire di imbarazzo. Che grezza, chissà che cosa penseranno di lei Livia, Osvald e Sarwar?

– Mamma, basta ti prego. Smettila! Lasciami vivere, anzi, morire! – dico estenuato.

L'orrendo Subotnik, esasperato, le molla una stecca che la rovescia come un bacherozzo sulla sabbia.

Controllo l'ora.

Nove e cinquantacinque.

Dieci minuti all'ora X. I miei amici sono inchiodati di fronte a questa patetica sceneggiata che gli si para davanti.

– Prendete la stronza assassina, – fa Mila indicando Livia.

Sopraggiungono un paio di cristoni e bloccano la mia povera piccola Livia.

L'infame Subotnik zompetta per l'androne dicendo:

– Che bello! Che bello! Ora ci divertiamo, ora ci divertiamo! – È troppo crudele. Sparisce dietro una porta. Ricompare con un carrello di strumenti chirurgici. Sono allineati ordinatamente: bisturi, estrattori, forbici, spilli. Risplendono di luce dorata nel loro astuccio di pelle di leopardo. Sembra un servizio di posate.

– È di Bulgari. Oro. Un dono di una mia facoltosa paziente. Tutto diciotto carati. Non male, eh?

Livia tenta di divincolarsi ma è inutile.

– Che mi volete fare? Che mi volete fare? – urla impaurita.

– Lasciatela! Bastardi! Vigliacchi! – urlo io.

Cazzottone in faccia. Mi accascio.

– Spogliatela! – urla Mila.

Le stracciano di dosso i vestiti, lasciandola in mutande di pizzo. Livia graffia e miagola impaurita ma loro sono risoluti, piú lei si agita e piange piú loro diventano forti e irremovibili, piú lei non vuole piú loro vogliono. Piú il cervello le si ingolfa di terrore piú loro diventano calmi, razionali e spietati.

E noi qua, a guardare, spettatori impotenti di questo mare di atrocità.

Mila ride.

Nove e cinquantotto.

Livia viene legata su un letto operatorio. Respira affannosamente, intrappolata. Mila la imbavaglia per non sentirla urlare. Sbava, la malvagia.

– Credo che per te non ci sia bisogno di anestesia. Non amo queste sostanze, ottenebrano la mente e io invece, mia cara, ti voglio sveglia, attenta. Sentirai il metallo scivolare nella tua carne, aprire solchi profondi sul tuo ventre. Mi piaci, bambina, voglio vederti dentro, spiare i tuoi visceri. Chissà se il tuo fegato è bello come le tue bocce! – le dice l'orrendo Subotnik mentre le lecca le tette. Poi le strappa le mutande con un morso. Le passa la lingua da formichiere tra le cosce e le strappa a morsi i peli della topa.

– Il dolore, vedi, è un urlo interno, che nasce da dentro, schiude nuovi orizzonti. È l'emozione piú semplice e primitiva. È il richiamo della carne. Morirai per quello che hai fatto: non dovevi uccidere il mio amico Wall. Mila mi darà una mano, imparerà su di te a maneggiare questi strumenti affilati. Bisturi!

Mila gli passa lo strumento.

– Basta! Smettetela! – urlo.

L'arancione di turno mi molla un cinque che toglie sensibilità alla mia guancia. Mi rialzo.

– Basta, smettetela!

Altra crocca. Cado a terra assaggiando la polvere. Ne ho prese veramente troppe.

– C'è una bomba innescata. Salterà tra sette minuti.

Calcio in pancia che mi leva il respiro.

– Ahhhhhhhhhhhh ahhhhhhhhhhhhh.

– Che ha detto il malato terminale? – chiede l'orrendo Subotnik rialzandosi dal tavolo operatorio.

– Síííhhhhhhhhh, abbiamo messo una bomba, mancano solo sette minuti, ormai siamo tutti spacciati. Lasciatela!

– Non è vero, dice cosí solo per salvare la sua amichetta! – fa Mila infuriata impugnando un bisturi.

– Ve lo giuro, è vero.

Sono in apnea, i polmoni mi si sono chiusi, collassati. Una sacca di dolore. Il cuore pompa impazzito scuotendomi.

Oh Dio! Vai a vedere che sto per crepare. La vista mi si annebbia riempiendosi di macchie blu. Sto per schiodare! No, non ora! Cristo, non posso: non è il momento. Intorno a me si aggirano ombre, sento le risa stridule di Mila.

Forza, forza, ce la devo fare, ce la posso fare!

Piano piano comincio a riprendermi, respiri piccoli piccoli, quasi accennati, benedetta la mia fibra robusta!

– Lasciatela, bastardi! – riesco a sussurrare.

– Bene, bene, si è ripreso. Vediamo se il nostro amico dice la verità, – fa l'infame.

Mila leva la benda dalla bocca di Livia che incomincia a urlare, a insultarli.

– Allora mia cara, ha detto la verità? C'è una bomba?

– Sí, c'è una bomba cosí fottutamente grossa che ti farà saltare con il culo per aria! – dice Livia e poi gli sputa in faccia.

– Sei sicura?

– Vai a farti fottere!

– Sei sicura?

– Vaffanculo!

– Sei sicura?

Il bastardo affonda nel ventre di Livia il bisturi aprendo uno squarcio che vomita un fiotto di sangue caldo e scuro. Livia urla, urla, urla di piú, urla a morirne.

– Nooooooooooooooo!!! – faccio io, incapace di credere a quello che vedo.

– Vi prego, basta, basta. La bomba l'ho messa io. Ve lo giuro! – dice Osvald che si inginocchia e piange coprendosi con le mani il volto.

La ferita continua a perdere. Morirà dissanguata se non viene subito tamponata. Subotnik, con il bisturi gocciolante di sangue in mano, saltella gongolante per la stanza.

– Dov'è? – chiede Mila.

– In fondo, nei sotterranei, vicino alla caldaia! – dice il tedesco tra i singhiozzi.

Sembrano convincersi. Si agitano nervosi. Anche mia madre, che finora era rimasta silenziosa a guardare, sembra essere intenzionata a mettere una certa distanza tra lei e il castello. Sono cose su cui non si scherza.

– Andiamo a disinnescarla! – fa Mila all'infame.

– È troppo tardi. Non c'è tempo. Legateli! Faranno parte dei fuochi artificiali!

Gli arancioni si danno da fare e ci legano come salami intorno alla piscina.

Livia respira a fatica, chiude e riapre gli occhi, avvolta in un sudario di sangue. Vorrebbe parlare ma non ce la fa. Sta morendo.

– *Hasta la vista*, amici miei, ci vediamo all'inferno! Divertitevi! – fa l'infame Subotnik sventolando la mano.

– Ciao bellezza! – mi fa Mila.

– Scusami se ti lascio, ma sai come si dice, *mors tua vita mea*. Mi dispiace una cifra, comunque or-

mai ti rimane soltanto una manciata di giorni da
vivere. E poi hai deciso di non salvarti. Io rispetto i desideri degli altri. Ciao Marcolino, – mi dice
la mamma, un po' triste in volto. Gira i sandali e
schizza fuori insieme a tutta la comitiva.

Mancano pochi minuti alla fine.

Sarwar è uno straccio, l'immagine sbiadita
dell'omone di un tempo. Osvald frigna ripetendo:

– Io lo sapevo, io lo sapevo.

– Ragazzi non so che dirvi, è stato un fallimento,
ammettiamolo. Mi dispiace. Ci abbiamo provato,
questo è l'importante. Vi prego, non fate cosí. Af-
frontiamo la morte con contegno. Non drammatiz-
ziamo. Sarwar, ti prego, raccontaci una barzelletta
indiana! – dico cercando di tirarli su.

– Non posso. Non ce la faccio. Non mi viene in
testa nulla. La paura mi inchioda!

– Dài, forza, ce la puoi fare!

– Vabbe', sentite questa. Come si fa a scoprire
se un rubino è autentico?

– Boh?! – facciamo noi.

– Lo si mette sotto un rubinetto e se quest'ultimo dice «papà», allora è vero.

Pessima. Anche di fronte al mistero dell'eternità Sarwar riesce a raccontare barzellette cosí scar-
se. Incredibile.

Eppure, stranamente, ci fa sganasciare dalle risate. Ridiamo a crepapelle, ci lacrimano gli occhi,
ci fa male la pancia.

Rimaniamo cosí, aspettando che tutto crolli.

Oddio che tristezza!

Chiudiamo gli occhi. Recitiamo le ultime pre-
ghiere. Sarwar vuole convertirsi al cristianesi-

mo, non vuole finire in un paradiso diverso dal nostro.

A un tratto sentiamo dei rumori, dei passi per le scale.

Riapro i fanali.

Deuter!

Deuter sta scendendo le scale.

– Benedetto figliolo! Sei un mito! Ti amo, tu sei l'unico! Che ci fai qui?

– Non ero troppo sicuro che potevate farcela da soli. E in effetti è proprio cosí. Vi ho seguiti.

– Liberaci. Veloce.

Corro da Livia. Respira ancora, ha perso un mare di sangue ma è ancora viva.

Le chiudo come posso la ferita, tamponandola con ovatta e garza.

– Forza Livia, puoi farcela! Per Dio, resisti!

Guardo il Rolex. Mancano quattro minuti. Mi carico sulle spalle Livia svenuta. Corriamo come disperati per il lungo corridoio. Quando, a un tratto: l'orrore.

L'intero castello viene scosso dall'esplosione. Siamo sbalzati contro le pareti. Tutto trema e sui pavimenti si aprono crepe gigantesche. Le statue vi precipitano, i quadri si staccano dalle pareti sfasciandosi, i cristalli esplodono in mille pezzi.

– Ma non mancavano quattro minuti? – mi chiede Deuter.

Guardo il Rolex. Fermo. Questi orologi svizzeri sono una sòla. Costano una cifra ma ti mollano quando ne hai piú bisogno.

– Scendiamo attraverso le scale antincendio, – fa Osvald cercando di reggersi in piedi.

Apriamo la porta delle scale, sale una vampata di fuoco, imprigionata nella tromba. Richiudiamo.

Continuiamo a correre, mentre l'intero castello se ne sta andando in pezzi. Arriviamo alla porta da cui eravamo entrati. E scopriamo che il terrazzino con l'ancora se n'è caduto giú.

– Cazzo che sfiga! Non ce ne va bene una. Livia soffre molto, ho paura di perderla. Dobbiamo andarcene, – fa Osvald.

Un'esplosione ancora piú profonda fa crollare un'ala intera dell'edificio.

Corro attraverso la casa cercando una soluzione, tra crepe e fuoco. Entro nello studio dell'orrendo Subotnik.

Che fare? Che fare?

Sulle pareti enormi manifesti con sopra disegnate parti anatomiche, uomini rossi fatti solo di muscoli.

Che fare? Che fare?

I manifesti! Certo!

Li prendo, li stacco dalle pareti e li porto in corridoio.

– Allora cominciamo a piegarli, seguite le mie istruzioni!

In breve abbiamo costruito quattro aerei di carta. Dovrebbero volare, li ho visti usare in un programma televisivo. C'è una leggera brezza che ci porterà lontano, via da questo inferno.

Prima Osvald, poi Sarwar, Deuter e infine Livia e io decolliamo allontanandoci e planiamo, trasportati dalle correnti. Mi stringo addosso Livia sperando che non muoia, le accarezzo un po' il viso.

– Sei stata bravissima! – le dico baciandola sulla fronte madida di sudore.

Controllo l'aereo con leggeri movimenti del corpo.

– Ti prego non morire!

Gli altri mi seguono alti sopra la valle, ai lati delle montagne innevate.

A un tratto sentiamo un boato assordante alle nostre spalle. Il castello crolla trasformandosi in macerie fumanti. Abbasso gli alettoni e punto verso un grande campo in fiore.

Siamo salvi!

Livia apre piano piano la bocca, sta cercando di parlare. Avvicino l'orecchio.

– Baciami! Ti prego.

Rimaniamo cosí, stretti a guardare le spirali di fumo, il volo dei falchi, i cirri gonfi e il sole basso tra le nevi.

Due parole di conclusione

Siete contenti? La storia finalmente è finita e potete cominciare a cercare un altro libro da leggere.

Ma abbiate ancora un po' di pazienza, fatemi aggiungere solo un paio di cose.

Questo non è uno di quei romanzi che finiscono male, che uno chiude con il magone in gola e il fazzoletto zuppo di lacrime.

Anzi, credo che rimarrete soddisfatti di come sono andate a finire le cose.

Dopo lo scoppio del castello, chi in un modo, chi in un altro siamo tutti riusciti a scamparla. Un po' acciaccati ma in sostanza ancora in forma.

Solo gli ospiti paganti della clinica, i ricconi, sono morti arrostiti in quell'inferno di fiamme. Pace all'anima loro.

E i protagonisti di questa sporca avventura?

La Banda dell'Ascolto Profondo (BAP) si è sciolta. Il disco che avrebbe dovuto rivoluzionare la storia della musica d'avanguardia non è mai stato registrato. Alcune rare registrazioni live sono ancora in mano alla setta dei Thugs, utilizzate come sottofondo durante le riunioni e i vernissage.

Probabilmente l'intensità e la forza con cui vivemmo quegli ultimi giorni erano irripetibili, si consumarono senza rimedio. L'intesa perfetta che ci univa si è persa dopo l'esplosione del castello.

Suonare nelle fogne cominciò a stufarci. Diventammo claustrofobici e cominciammo a desiderare aria, spazi aperti, volte stellari.

L'idea stessa di Banda dell'Ascolto Profondo veniva a mancare.

Gli interessi si diversificarono e il gruppo si sciolse. È cosí, gente, che va la vita a volte.

Osvald è tornato in Germania. Continua a scrivere musica. Ha pubblicato una serie di concerti. Il piú notevole, osannato dalla critica e dai portieri, è quello per dodici ascensori e clavicembalo. Lavora molto e credo non abbia piú intenzione di tornare in India.

Anche Sarwar continua a occuparsi di musica ma ha preferito buttarsi sul commerciale. Ha lavorato a lungo come DJ in molte discoteche della riviera romagnola. Poi è tornato in India dove ha formato un gruppo death metal che suona con strumenti tradizionali della musica karmatica.

Cubbeddu & il Gruppo Spurgo Fogne Appilate (GSFA) hanno tentato la via della celebrità ma con scarso successo. Hanno inciso un disco con una giovane cantante canadese ma essendo per natura sprovvisti di freni inibitori appena potevano le mettevano le mani un po' dappertutto. Sono stati cacciati a male parole. Sono rientrati nelle fogne che tanto avevano dato al gruppo: una prospettiva di vita, un lavoro, un luogo tranquillo dove passare i giorni. Solo che non stanno piú a Nuova Delhi ma a Caracas. Lí le pantegane sono piú grosse, piú domestiche e i rifiuti si avvicinano di piú a quelli di una civiltà industrializzata. Un salto di classe.

Deuter, il giovane indiano che abbiamo salvato da una fine certa e che poi ha salvato noi, ha fatto carriera. È un giovane sveglio e intraprendente e ha saputo cogliere l'occasione al balzo. La Walt Disney Corporation ha deciso di ricostruire il castello dell'orrendo Subotnik nella forma e nelle dimensioni originali, non badando a spese.

Deuter è il direttore generale. Ogni giorno mostra a mandrie di turisti giapponesi la stanza delle torture, la macelleria, i saloni buoni.

Adele Donati, mia madre, si è convertita al buddismo. Il suo interesse per il corpo e la bellezza si è molto ridimensionato, soverchiato da una tensione spirituale alla penitenza, alla riflessione: qualità nascoste nel profondo del cervello, unico organo che sentiva ancora effettivamente suo.

Si è ritirata alle falde del monte Fuji, in un convento di monaci zen. Si addestra all'uso della katana, spada affilata piú di un rasoio. Ogni tanto le vengono ancora i cinque minuti e allora si calma rastrellando la ghiaia del cortile.

Mila Oberton si è invaghita di Aniello Colascione, un commercialista di Avellino. Un colpo di fulmine. Si sono conosciuti a Delhi dove lui era arrivato con un gruppo organizzato dalla Intertour Viaggi.

Lo ha picchiato, maltrattato, lo ha chiamato frocio e senzapalle. Il commercialista, uomo tranquillo e posato, la lasciava fare, amandola per quello che era, senza cercare di cambiarla.

Irretita da quella semplice manovra, Mila si è persa per gli occhi e per la chiarezza di intenti dell'avellinese.

Si sono sposati e sono andati a vivere in una palazzina alla periferia di Avellino. Ha avuto un figlio e lo ha allevato come la piú premurosa delle madri.

Ma la vita in provincia è dura. Le notti sembrano non finire mai e i giorni si ripetono con matematica precisione.

Mila ha cominciato a drogarsi pesantemente. Prima bevendo damigiane di Fiano e poi tirando coca e riempiendosi di benzodiazepine. Tutto quello che aveva effetto psicotropo era buono. La sera ha preso a uscire di nascosto per correre con la scimmia addosso a Castellammare di Stabia, al porto, tra i camorristi e i malviventi.

Enzo detto 'o puparuolo era là che l'aspettava. Giovane, forte, sessualmente dotato (da qui il soprannome), era un emergente nel narcotraffico. L'indiana faceva scena al porto e le sue tette erano famose per tutto corso Italia. Mila e 'o puparuolo si aggiravano rumorosi e molesti, nella notte, sulla vespetta truccata facendo pinne, spacciando e scippando.

Ma avere una doppia vita è una fatica. Di giorno a pranzo dalla suocera. Il bambino che piange, salsicce e friarielli. La notte con 'o puparuolo a massacrarsi di coca, a sbattersi in balere fuori mano.

È troppo per chiunque. Mila ha mollato baracca e burattini e si è data. E non ho la minima idea di dove sia finita a fare danni.

L'orrendo Subotnik è diventato buono. Giuro. È l'uomo della controtendenza. Per dieci buoni che diventano cattivi, un cattivo diventa buono. Ebbene Djivan ci è riuscito, senza l'aiuto di una fede in principî universali, nel rigore morale, in valori astratti. Lo ha fatto perché non poteva altrimenti. Tutti lo odiavano, lo chiamavano assassino, infame e pezzo di merda.

Alla lunga le offese affaticano e il cuore s'inasprisce. Aveva bisogno di affetto e di calore umano, il poveretto. Ha ripreso a lavorare al Policlinico di Roma ma per scopi migliori: per il progresso medico della razza umana, contro i morbi e per lo sviluppo delle tecnologie mediche.

Per curare i malati usa fegati di maiali, occhi di babbuini, pancreas di pecore, testicoli di toro. I donatori ci sono ancora, solo che non parlano piú, non si lamentano come gli indiani, appesi nelle loro gabbie.

Ma i suoi occhi non sono piú quelli di una volta, si sono offuscati, spenti. Non gioisce piú come quando sentiva i prigionieri urlare per le amputazioni, chiedere pietà, quando cuciva insieme materiale umano. Si sente un po' come uno stregone spossessato dei suoi poteri magici.

Il problema è che la gente comune è meschina e insensibile. E la morale è una produzione popolare.

Livia mi ha lasciato.

Ha aperto un caseificio nel Kerala. Produce il miglior fior di latte di tutto il Sudest asiatico. Si

è sposata con un allevatore di bufali di Battipaglia
emigrato in India. L'altro Natale mi ha mandato
un pacco, dentro c'era mozzarella di bufala, auricchio piccante, provola affumicata.

Che festa! Non ho mangiato altro per una settimana.

Continuo a pensarla e alle volte la vorrei qui vicino a me per guardare ancora un momento i suoi
capelli rossi e i suoi occhi blu.

Vorrei spendere ancora due parole per un personaggio marginale: Maria. Ve la ricordate Maria?
Dài! La mia fidanzata romana, quella carina!

Ebbene, non le è successo nulla, non si è voluta
impegnare in questa avventura. Avrebbe potuto fare
moltissimo, ne sono sicuro, diventarne una protagonista, ma ha preferito andare a Parigi, alle sfilate di
moda. È stata fregata dalla cultura del disimpegno.

Si è fidanzata con un giovane scrittore che si crede chissà chi perché ha pubblicato un romanzetto
che hanno letto sí e no trecento persone. Continua
a bazzicare i locali del centro. Se la volete incon-
trare, fatevi un giro verso le undici a Campo de'
Fiori. Non manca mai.

E per finire ci sono io.

Non sono morto.

Qualcuno di voi si arrabbierà dopo tutto quello che ho detto sulla mia fine sicura, sulla mia de-
terminazione a morire, insomma su tutti i bottoni
che vi ho attaccato.

Mi dispiace per voi, ma sono ancora qua, attaccato a questa vita come una cozza agli scarichi del-

le fogne. Certo, ho fatto delle scelte radicali, ma erano necessarie.

La vecchia nera dovrà aspettare ancora un po'.

L'orrendo Subotnik mi ha ripulito di tutto il cancro. Mi ha levato i polmoni ormai massacrati dalle metastasi ed è intervenuto sul sistema circolatorio: ha deviato, modificato, ricostruito e mi ha salvato.

Ora vivo in un'enorme vasca, nell'acquario municipale di Berlino. Ho delle bellissime branchie filiformi intorno alla testa che mi permettono di respirare sott'acqua.

Sono tornato al mio primo amore, i pesci, i migliori amici dell'uomo.

Condivido la mia vasca con un branco di delfini. La domenica mi esibisco in uno spettacolo per i turisti. Salto, faccio le capriole, gioco con la palla per qualche aringa. Non si sta male, vi assicuro.

Alle volte mi sembra di essere davanti alla televisione, quando vedo i bambini, le mamme, i vecchi che mi guardano da fuori con i loro occhi enormi e distorti, quando poggiano il naso sul vetro. Allora, incerto e turbato mi nascondo nella mia tana, tra gli scogli, a riposare.

Indice

p. v   Ai miei lettori

Branchie

5   Personaggi principali

7   Roma
55   Nuova Delhi
115   Il castello
199   Due parole di conclusione

Questo libro è stampato su carta contenente fibre certificate FSC®
e con fibre provenienti da altre fonti controllate.

MISTO
Carta da fonti gestite
in maniera responsabile
FSC® C115118

Stampato per conto della Casa editrice Einaudi
presso ELCOGRAF S.p.A. - Stabilimento di Cles (Tn)
nel mese di giugno 2015

C.L. 22804

Edizione   Anno

1 2 3 4 5 6 7   2015 2016 2017 2018